光文社文庫

匣《はこ》の人

巡査部長・浦貴衣子の交番事件ファイル

松嶋智左

光　文　社

目次

匣の人

巡査部長・浦貴衣子の
交番事件ファイル

0

四月某日。

桜が散ったあと、朝晩の冷えが大して気にならなくなった。日増しに青葉の匂いと陽《ひ》の勢いが強くなって、世界はどんどん明るくなってゆく。

午後四時過ぎ。学校帰りの生徒らでかまびすしい電車を降りて改札を抜けても、空はまだ青く伸び上がっていた。

買い物客らが行き交う駅前から離れて、裏側の人気《ひとけ》のないエリアへと入る。居酒屋やスナックの立ち並ぶ狭い通りは、まだ眠りから覚めたばかりのように茫洋《ぼうよう》としていた。暖簾《のれん》を掛けたり、看板を外に出している店はほんの僅《わず》かだ。そんな通りのなかほどにある居酒屋は安い上に魚がおいしい。しかも夕方の四時半には開店する。

ここで今日、羽鳥西《はとりにし》警察署地域課第2係の新人歓迎会が行われることになっている。

巡査部長の浦貴衣子《うらきいこ》は十五分前に着いたが、店は既に開いていた。格子の戸を開けると、すぐにいらっしゃいと威勢のいい声が飛んでくる。店のなかは閑散としていて奥の個室以外に客は一人もいない。

どうもと短く挨拶をし、慣れた風に進む。声をかけて障子戸を開けると、半数ほどが既に着座していて、お茶を飲んだり、携帯電話をいじりながら時間が来るのを待っていた。

「お疲れさまです」

いいながら靴を脱ぎ、適当な場所の座布団に膝をすすめ、掘ごたつに足を下ろした。すぐに店員がおしぼりとお茶を運んできて、それを手にしたころになってようやく、雰囲気がおかしいことに気づいた。

隣にいる同僚に訊《き》いてみる。貴衣子と歳の近い四十代の主任は、畳に胡坐《あぐら》をかいた姿で目を上げ、妙な笑みを見せた。

「来ないんだってさ」

「は？　なにがです？」

「今日の主役の新人さん、欠席だって。具合が悪いとか」

えっ、と思わず声を上げ、おしぼりを握ったまま、視線を反対側の席へと向けた。

向かいには緑《みどり》が丘《おか》交番を受け持つ、五十過ぎのベテラン大場喜朗《おおばよしろう》主任が座っている。

貴衣子の視線を受けて、まるで自分が責められているかのようなしょげた顔を見せた。

貴衣子は警察の地域課で働いている。いわゆる、街角にある交番のお巡《まわ》りさんだ。担当しているのは栗谷《くりや》交番。

都道府県によって若干の違いはあるが、交番勤務員は当番勤務（当務と呼び習わしている）、非番（当務明け）、公休若《も》しくは日勤勤務をひとつのルーティンワークとしている。当務の日は朝九時過ぎに本署に出勤して制服に着替え、拳銃などの装備をつけたあと受け持ちの交番に向かう。そして翌日の朝まで勤務して、本署に戻る。そのあとは非番といって休みとなる。翌日が日勤勤務（午前九時から夕方五時まで）でなければ、公休として丸一日休める。その場合、二十四時間勤務のあと一日半以上は休養が取れることになる。

地域課には係が三つあるから、通常二名態勢の栗谷交番だと合わせて最低でも六名の警官が担当する。概《おおむ》ね主任と呼ばれる巡査部長と巡査がペアを組む。後輩の指導も兼ねているから、羽鳥西ではだいたい半年から一年ほど同じ顔触れで働く。

また、箱と呼んでいる交番では、最も年長の人間が箱長《はこちょう》となる。いわばその交番の管理責任者のようなものだ。

大場主任は緑が丘の箱長であり、温厚で真面目《まじめ》な人柄から新人とペアを組むのは当然と思われていた。その大場が、今度来た新人に手を焼いているらしいと耳にしたのは、最近のことだ。

今年は1係に女性警察官、2係に男性警察官が一名ずつ赴任して来た。

ひと通りの研修を受け、交番勤務のルーティンワークにもそろそろ慣れようかということ、歓迎会をするのが羽鳥西署地域課の習わしとなっている。

交替制の仕事だから、地域課全員が集まれる日は皆無だ。だから係ごとに行うことになるのだが、今回は新人の配属のあった1係と2係がする。女性警官が配属された1係は既に済ませていて、そちらにも課長は出席し、和気あいあいと終わったと聞いていた。

係の全員が集まるには、非番、つまり当務明けの日か翌日の公休日しかない。今回2係の歓迎会は、明けの夕方四時半と決められた。問題がなければ午前中に退庁できる。夕方早めに会を開き、早く終わろうというのが最近の警察内での宴会の形態となっている。

上席を見ると、課長も係長もまだ来ていない。

「さっき係長に電話連絡したよ。係長は課長に連絡するっていったから、恐らく、課長は出席されんだろう」

大場主任はそういって、テーブルに出された湯飲みを手にした。口に運びかけたが中身がなかったらしく、苦笑いして元の場所に戻す。貴衣子が来るまで、順次やって来る同僚らに同じ説明を繰り返したのだろう。話しては茶を飲み、喉の渇きを潤してはまた説明していたら、湯飲みも空になる。

「具合が悪いってどういうことです？　今朝《けさ》の明けのときは普通だったんですよね」

「朝は、特に具合が悪そうには見えなかったんだが」といい、続けて何度も繰り返したらしい顚末《てんまつ》を付け足した。「四時過ぎ、携帯電話にメッセージが入ったんだ。それで慌てて折り返し電話をしたら」

「なんていったんですか」

「だからまあ、気分が悪くて酒を飲む気になれない、とかそういうことをね」

貴衣子は思わず体を仰《の》け反《ぞ》らした。確かに、具合が悪いのはしようがないかもしれないが、それにしても宴会の直前に、それもメッセージで連絡してくるとは。今どきの若い人は、という言葉を口にしかけて止《よ》す。見渡せば当然ながら二十代の巡査もいる。貴衣子のテーブルは三、四十代の同僚が多く囲んでいるから、散々、出尽くした愚痴だろうと思う。

新人警官のために開いた歓迎会だ。当の主役がいなくては意味がない。

「係長は来られるんですか？」

「ああ。たまには2係の面子《メンツ》で飲み会も悪くないだろうって。だから、ま、係長を待って始めることになる」

「そうですか」

隣に座る別の主任が、携帯電話をいじりながら教えてくれる。

「でも何人かは、それじゃあ仕方がないって帰ったぜ。浦主任も別にいいんじゃない。俺は女房に晩飯いらないっていったから、ここで食って行くしかないが」

「いいえ、わたしもせっかく出てきたんだからいます。それで、歓迎会の方、日を改めてってことになるんですか？」

「さあ、どうだろう」と大場は首を傾《かし》げる。

「もう、ないだろう」と離れた席から声が飛んできた。二、三人が不服そうな顔で膝をつき合わせている。

「具合が悪いってのは方便だよ。こういう宴会が嫌なんだよ、今どきのは」

「だったらしなきゃいいんだろうが、それが幹部連中の古い感覚では、そんな訳にはいかないって話になるからややこしい」

「参加しろって強くいえばパワハラになるしな」

「ようは新人の顔色を見て、うまくおだてて参加していただける方向へ持っていくんだよ」

「面倒臭《くせ》えなぁ」

腹を立てているのを隠そうともせず、いい募《つの》る。後ろのテーブルには勤務二、三年目の若い巡査が固まっていて、居心地悪そうに身を寄せているのが見えた。愚痴るぐらいなら帰ればいいのにと思うが、予約して席を確保しているからあまり数を減らせば店に悪いし、ひいては幹事をしてくれている大場主任に気を遣わせる。昔からこういう宴会に馴染《なじ》んでいる中堅から古参の警察官は、たとえ気が進まなくてもそういう律儀さだけは押し通した。

これでは今日の宴会は荒れそうだな、と貴衣子は居残ったことを少し後悔した。

お茶のお代わりを頼んで、再び飲み干す大場主任にそっと声をかける。

「どんな新人なんですか？」

貴衣子は、最初の紹介で顔を合わせただけで、一緒の勤務に就いたことがない。胡坐のなかで両手を組み、大場はまた首を傾げて小さな目を瞬《しばたた》かせた。

「まあ、どんなって。普通だと思うよ」

澤田里志《さわださとし》巡査は四月一日付で、警察学校からこの羽鳥西警察署地域課へと赴任してきた。身長一八二センチで筋肉も脂肪もないような細い体をしており、九頭身とも思える小さな顔をしている。色素が薄いのか、目の色も眉の色も薄く、染めていないのに髪の色も明るい。柔剣道の修練を受けているから、ひ弱ということはないだろうが、上背はあるのに全体的に柔和な雰囲気が漂っていた。

貴衣子の第一印象は、ざっとこんなところだ。それから二週間以上が経《た》った。大場主任が言葉を続けるのを待つ。

「そうだな。なんというのか、やる気がない訳じゃないんだろうが、わたしらとは違う感覚で警察という仕事をしようとしている気がするな」

「違う感覚？　どういうことです？」

隣の主任も、不思議そうに顔を向けた。大場主任は湯飲みを弄《もてあそ》びながら、言葉を選ぶように訥々《とつとつ》と話し出す。

「そうだな。なんというのか、目がな」

「目？」

「ああ、目が遠いんだ。見つめるものと自分の心持ちとに距離があるというのか。なにをしても気持ちがこもっていない感じで、単なる仕事としか思っとらんようなんだ」

「横着ってことですか」と、隣の主任が片方の眉だけ上げて言葉を挟む。

「いや、横着じゃない。むしろその逆だろう。きっちりし過ぎて、自分でもどこまでやっていいかわからない、だから、いわれたことを淡々とこなしている、そんな感じかな。澤田にとっては、迷子を保護するのも、道のゴミを拾うのも同じなんだという気がする」

一瞬、その場に静寂が落ちた。大場主任のいっていることはよくわからないが、それでもなんとなく雰囲気は感じ取れる気がした。妙な沈黙を破るように離れた席の一人が、

「実は」と声を潜《ひそ》めて話し始めた。

「警察学校であった話なんだが」といい、横に座る同僚が、お前の同期が教官をしていたんだったなと、付け加えた。うん、と頷《うなず》いて話を続ける。

「こっそり聞いた話だからさ、ここだけにしてくれよな。その澤田、学校でちょっとあったらしい」

「なんだ。問題を起こしたのか」

「いや、問題というほどでもないんだが」目を伏せながら続ける。

警察学校には寮がある。入校した学生は全員、寮に入ることになっている。男子寮は、二人一部屋だ。澤田里志と同室になった学生、つまり同期だが、その学生が夜中に苦しみ出した。胃を押さえて脂汗を滴らせ、ベッドのなかで胎児のように体を丸め始めたという。トイレに立った際、澤田が気づいて声をかけた。同期の学生は、苦しさに顔を歪《ゆが》めながらも大丈夫と答えたらしい。朝になっても治まらなかったら自分でいうともいった。やせ我慢だろう。だが、澤田はそれを聞くとまたベッドに戻ったのだ。それからも痛みは治まらず、その学生はとうとう布団のなかで七転八倒するまでになった。だが、澤田はそれきり起きて様子を見ることもなく、寮監や教官、隣室の同期にさえ知らせなかった。翌朝、澤田から話を聞いた他の学生らがすぐに部屋に入り、教官に知らせに走った。学生は結局、盲腸でそのまま入院、手術となったが大事には至らなかった。

教官から、どうしてすぐ知らせなかったと問い質《ただ》され、澤田は本人が大丈夫といっているのに余計なことをして、あとで文句をいわれるのが嫌だったからと答えたらしい。

大場主任が、盲腸でも手遅れになると怖いがなと呟《つぶや》き、教官を同期に持つ男に問うた。

「その同室の学生と仲が悪かったのか」

「いや、そんなことはなかったと聞いてます」

「澤田は、学生の苦しむ声を聞いていながら寝ていたっていうのか」

「普段から耳栓をしていたらしいですよ」

「ふうん」

少しのあいだ、お茶をすする音だけが響いた。若手のテーブルも互いに視線を交わすだけで、物音ひとつ立てない。その沈黙を破るように、地域課三年目の男があえて笑い声を上げた。

「ようはなんか変わったヤツってことですね。しかしなんだって、そんなのがうちに来るんだろう。羽鳥西をなんだと思ってんだろうな」

それに追随するように他からも笑い声が上がる。

「しかもなんで2係なんすかね。1係に入った女性警官は頭も良さそうで、気遣いもできるらしいっすよ。歓迎会も愉快だったって、1係の連中、喜んでいましたよ」

「そうなのか。ちぇ、そっちが来てくれれば良かったのにな。なんでうちの係はこういう問題行動を起こすのばっかかが来るんだろ」

そこで一瞬、空気が止まった。単に会話が途切れただけかもしれないが、貴衣子には空気が張りつめたようにしか思えなかった。それは自分自身が強張《こわば》ったということでもあるのだが。

誰もが貴衣子に視線を向けないよう、無理をしているように見えた。そして、再びお喋《しゃべ》りが始まり、その雑音のなかから、「セクハラで」「監察」という言葉が聞こえた、気がした。

貴衣子は湯飲みを手にし、誰とも視線が合わないように目を伏せ続けた。

障子戸ががらがらと開かれ、「悪い、遅くなった」と係長の声が勢い良く飛び込んできた。それを潮にいっせいにくだけた声が広がり、貴衣子も顔を上げて笑顔を作ることができた。

1

十月二十四日、火曜日、当番勤務日。

ドアを開けたら、苦手な人がいた。

そんな態度は微塵《みじん》も見せず普通に挨拶をする。相手も真っすぐ見返してきて、「お早う」といった。貴衣子は軽く頭を下げながら、全課共有で使っている女性更衣室の奥へとそのまま進んだ。

当務の日は、だいたい朝礼が終わるころに出勤する。そうして、更衣室で活動服に着替え、係長指示の下、拳銃などの装備をする。

更衣室にいたのは警務課教養係長の安西芙美《あんざいふみ》警部補で、内勤勤務員だから本来の制服である上下スーツタイプのものを着ている。地域課員は通常、制服よりも上着丈の短い活動服を着、キャップのような活動帽を身につける。本来の制服を着るのは、表彰や異動の辞令を受け取る際のような儀礼的場面に限られる。

十月に入って夏服から合服となったが、天気のいい日などはまだ長袖の上着は暑苦しく、署内では大抵の者が脱いでいる。安西は、上着をきちんと着込んだ姿でロッカーの戸を閉じると、「今日は当務？」と尋ねてきた。

「そうです」

朝礼が終わったころに着替えに来ているのだから、端《はな》から承知の上で訊いている。話のとっかかりなのだ。教養係の係長の仕事のひとつとして、全体朝礼の指揮をとるというのがある。それが終わって、なにかの用事で更衣室に立ち寄ったのだろう。まさか、貴衣子を待ち伏せていた訳でもあるまい。

「ご苦労さま。一斉連絡で知っているだろうけど、昨夜、田町《たまち》三丁目市道でひったくりがあったわ。被疑者はバイクの男、被害者は自転車に乗った中年女性。緊配《きんぱい》がかかったけど、捕捉に至らず」

貴衣子は白のシャツに腕を通し、ネクタイの結び目を整える。上着を着て、鏡を見ながら肩までの髪を直し、口紅の色が気になったので軽くティッシュで押さえた。

「被害者に怪我《けが》はなかったですか？」

地域課員の携帯電話には、管内での重大事案発生の場合に限り、一斉メールが入る。特に呼び出しがなければ応答する必要はない。送られてくる内容も、発生の日時場所や事案の種別くらいで詳細はわからない。

「前カゴからバッグを器用に奪われて、怪我はなし。被害額は財布にあった二万円弱と口レックスの時計」

「ロレックス？　腕時計ですよね？」

「被害者は近くのスナックのママで、大事にしていた時計だからとバッグにしまって帰ろうとしたのが仇《あだ》となった訳。それより、同じようなの先月にもあったわよね」

ロッカーの戸を閉じると貴衣子は、安西へと体を向ける。頷くより先に、話が続く。

「交番の夜間警らはどうなっているのかしら。わかっているわ、田町があなたの交番の受け持ち区域でないことも、昨夜の当務が3係だってこともね。わたしは地域課全体の気概のことを慮《おもんぱか》っているのよ。さっきも地域課長と話をしたけど、係長らと相談してみるとしかいわない」

貴衣子は黙っている。ここでヘタに庇《かば》うようなことをいえば、話は妙な方向へといきかねない。安西が貴衣子にいいたいのは、ひとつだ。

「今の地域係長らが悪いっていってる訳じゃないのよ。ただ、このままではなんにも変わらないだろうって思うのよ。うちみたいな小さな所轄で、女性管理職はそう多くは置けないわ。だけど、そろそろ地域や生安（生活安全課）にもいていいんじゃないかな。浦主任、巡査部長になって六年？　七年？」

何度も繰り返された話題だが、貴衣子は淡々と答える。「七年です」

安西は小刻みに頷きながら、今年の昇任試験は二次にも行かなかったわよね、とまた同じ流れに入る。昇任試験の結果発表があってから、顔を合わすたびいわれ続けている。試験勉強はしているか、どんなやり方をしているのか、昇任する気はないのか、果てはいつまでも交番勤務をしている訳にはいかないのだぞと話をまとめる。地域課にも女性係長をといいながら、交番勤務もそろそろにしろという。ある意味、貴衣子の能力を買ってくれての話だから、疎《うと》むこともないのだが、どうにも苦手意識が先に立つ。

「今、四十三歳よね。半ばまでに警部補になれば、五十過ぎには警部もあり得る。そうなれば県警本部の係長か、所轄の課長。うまくいけば定年前には警視もある、つまり署長よ。独り身なんだから、頑張ってみなさい。わたしはもうあとがないから、ギリ課長になれるかどうかだけど、あなたは違う」

安西芙美はいくつだったっけ、と頭の隅で数える。九期先輩だから、五十二歳か。係長になったのが、二年前。本人が警部試験に力を入れているのは警務課だけでなく、署員ならみな知るところだ。だが、二十代で結婚し、子ども二人を得ることで数年のブランクを挟んだ。また子どもの手が離れるまで、再々、休みも取らねばならなかった。今はそれがデメリットにならないよう図られてはいるが、ブランクはブランクだ。

その点、貴衣子は二十七歳のときに結婚はしたが、一年半で別れて子どももいない。二親とも健在だが、田舎《いなか》で兄夫婦と同居しているから、貴衣子はマンションに一人で暮らす。世話をするのは部屋の観葉植物くらいで、休みの日には溜《た》まった家事を片づけるか、たまに誘われるゴルフのために打ちっぱなしに行くくらいだ。土日が決まって休みという訳でもないから、習い事もできない。

それがもったいないと、安西はいうのだ。見つめてくる目の奥が妙な色を帯びた。

「あなた、もしかして再婚とか考えてる？　そういう人いるの」

この人には時どき、女同士にセクハラは存在しないと勘違いしているかのような言動が見られる。けれど、教養係長の立場でそれは考えにくい。勘違いしていると思わせながら、ズケズケ踏み込むのがこの人のやり方で強《したた》かさなのだ。羽鳥西署にいる数少ない女性警官はみな、用がなければ警務課には近づかない。

貴衣子は返事をしないまま、すいと壁にかかる時計へと視線を流した。

安西が気づいて、一旦は終了といわんばかりに片手を振り上げると、さっそうと更衣室を出て行った。

喉の奥で抑えていた吐息を長々と吐く。

貴衣子は更衣室を出て、地域課の待機室へと向かった。

「装備の携行始めるぞ」

地域課第2係長である宇口《うぐち》が、待機室の戸を開けて声をかけた。貴衣子を含めた2係の係員が立ち上がり、拳銃保管庫へと向かう。

係長が一人一人確認しながら、昨夜の事案を話し始める。本来、引き継ぎや連絡事項などは待機室で行うことだが、宇口係長は面倒臭がっていっぺんに済ませようとする。そういう横着をされるのが、安西芙美には許せないのだ。ちょっとした手間暇を惜しむようなことをしていると、そのうちとんでもない失態に繋《つな》がると考えている。貴衣子もそこは賛同する。警察の職務で横着をしていいものなど、ひとつもないと思っている。安西が貴衣子を買ってくれるのも、そういう点だろう。

だが、警察組織は縦社会。上司に意見するにはそれなりの覚悟がいる。だから、余程のことがない限りは、貴衣子も他の係員も見て見ぬ振りをして大人しく従う。仕事をスムーズにそつなくこなすため、悪目立ちせず、周囲に合わせるのだ。

もちろん最初からそんな風ではなかった。

警察官になり立てのころは、強い使命感と希望に満ちていた。初めて就いた交番勤務の二年間は真っすぐ突き進むようにして働いた。常に、法と正義を土嚢《どのう》のように背負っていたが、誇らしくこそあれ、少しも重いと思ったことがなかった。それがやがて、警察組織にも一般の仕事と変わらない人間関係や忖度《そんたく》があることを知るようになり、様々な障《さわ》りを避けるためには、多勢に染まった方が無難であることを覚えていった。

今では、仕事を全うするための必要な譲歩と考えるが、そんななかでも貴衣子なりの一線は維持している。他人に目くじらを立てることはしなくなっても、心の内では、自分だけはどんな些末《さまつ》なこともないがしろにせず、注意深くあろうと決めている。

そこが全体的な士気規律を気にかける安西と、警察全体を慮るよりまず自分の職務を全うすることが第一義と考える貴衣子との違いだ。

但《ただ》し、昇任すれば、こんな個人主義的な考えでは済まされない。上に昇ればそれだけ裾《すそ》野《の》も広がるから指揮、指導するために必要な忖度も広がることになる。それが試験に集中できない理由のひとつでもあって、安西はそんな貴衣子を歯がゆく思っている。

「どうもこのあいだのと同じヤツらしいな」

同じ2係の主任が拳銃の弾倉を点検しながら声をかけてくる。貴衣子より少し歳下だ。

「先月あった木ノ内《きのうち》地区のひったくり犯と、ってこと？」

「そう。カメラにあった姿が酷似しているってさ。自転車の右側にバイクで並走して、長い腕を伸ばしてカゴの荷物をそっと抜くやり方も同じだってことだ」

「なら、早く捕まえないとまたするわね」

「うちの警察署管内で立て続けってことは、ここにねぐらのあるヤツだろう」

「それか近隣」

「だろうな。お蔭《かげ》で全ての交番では、夜間は寝ずに回れって話だ」

「係長が？」と声を潜めて、保管庫の鍵を掛ける宇口の背へ視線を流す。

「いや、署長直々。うちの係長がそんなことというかよ。自分だって当直寝られなくなるじゃないか、無線連絡がひっきりなしじゃ」

「それもそうね」

貴衣子は、今夜の警らコースを新しく考え直そうと思いながら、主任に、また明日、と声をかけて駐車場へ向かう。次に顔を合わすのは、明朝、当務明けとなって帰署したときになる。

署の駐車場には、地域課員用のバイクや自転車が集められている場所がある。

貴衣子らが使うのは九〇ccの黒いスーパーカブ。先に出ていく同僚に片手で挨拶し、エンジンキーを取り出すと、振り返って、「澤田巡査」と声をかけた。貴衣子の後ろを離れて歩いていた澤田里志は、俯《うつむ》いていた顔を起こした。貴衣子が更に、「前、走って」とキーでバイクを指すとすぐに、はい、と返事して近づいてきた。

身長のある里志が黒のカブにまたがると重心が上にある感じで、見ている方が不安になる。本人はなんとも感じていないし、運転もヘタではない。免許は警察学校にいるときに取ったらしく、最初こそブレーキ操作に心もとない感じはあったが、半年もすると自由に乗り回すようになった。

地域課には、警察学校を卒業したばかりの新人がまず配属される。

最初、里志は緑が丘交番で箱長である大場主任に付いていたが、半年ほど経って貴衣子の受け持ちである栗谷交番へと配置換えとなった。自然、ペアを組む相手も箱長である貴衣子となる。

九月の初め、2係の宇口係長がわざわざ断りを入れに、貴衣子のいる栗谷交番まで出向いて来た。

「澤田をこっちへ移そうと思う」

「えっ」

すぐに今年の四月にやった歓迎会崩れの飲み会を思い出した。里志は、自分一人のために開かれた会を当日になってすっぽかした。あのときの大場主任の情けなさそうな顔は見ていられなかった。しかも、そのあと、里志が警察学校の寮でどういうことをしたのか、いやしなかったのか聞き及んだ。澤田里志という新人の性格が一般的なものなのか、今どきはこういう若者が普通なのか貴衣子には判断できなかったし、指導を任された大場には気の毒だが、自分でなくて良かったと心から思ったものだった。

突然のことに貴衣子は上司の手前であることも忘れ、眉根《まゆね》をきつく寄せ、唇を曲げた。警察学校でのことを宇口は承知なのだろうか。新人が配属される場合、学校側から地域課長にその人間についての申し送りがなされる。だから、恐らく課長は知っているだろう。だが、それが係長の宇口の耳にまで下りているかはわからない。

新人が交番勤務に就いて、ペアを組む相手ともめ事を起こすのはたまにある。日勤のときは夕方で帰るから問題ないが、当務となると朝から翌日の朝まで、ほとんど二十四時間べったりとなる。気心が知れるまでにも時間はかかるし、性格が合わないと些細なことでも気に障る。

緑が丘交番の大場主任は、地域課のベテランだ。新人に仕事の基本はもちろん、警察独特の上下関係や礼儀などを教えるにはもってこいと配置した筈《はず》だった。

「澤田から代えて欲しいといってきた」

「なにかありましたか」短く訊く。

宇口係長は、こめかみをぼりぼり掻《か》きながら、「口が臭いんだと」といった。

大場主任は、煙草は止《や》めたがお酒は好きで当務日以外はいつも飲む。妻がいるから着替えもしているし風呂も入っているだろうが、特段清潔好きという訳ではない。まあ、普通の中年男だ。口臭までは行き届いていないかもしれないが。

「それだけですか、理由は」

「まあ、あとはところかまわず屁をひるとか、食い方が汚いとか。指導のやり方が回りくどいとか」

「回りくどい？」

入ったばかりの新人がいう言葉か。貴衣子が目を見開いたのに気づいて宇口は慌てて、まあまあ、と手を振り、最近の若いのはなぁ、と大仰に腕を組む。

「かといって、嫌がっているのを無理に置いておくのもなぁ。半年近く我慢したというのが、本人なりの言い分でな」

だからわたしか、と貴衣子は目をすがめる。女なら、少なくとも臭いということはあるまい。中年男よりはずっと清潔だろうし、食べ方も汚くはない。宇口は、セクハラとかいわないでくれよ、と冗談めかして笑う。

貴衣子はふうと息を吐いたあと、ちらりと宇口の顔を窺《うかが》う。

「そういうことを平気でいうというのは、警察学校では問題にならなかったんですか」

宇口の眉はまた情けなさそうに歪む。

「浦主任も知っているだろう。警察学校だって、ひとつの部署だ。そこでヘタな真似《まね》をすれば異動にも昇任にも響く。せっかく取り込んだ学生を修練の途中で辞めさせたりしたら、責任を問われる」

「だから、なにをしても大目に見て、放っておいたってことですか」

「いやいや、さすがに学校なんだから自由勝手な真似はさせまいが、少々の問題行動くらいには目を瞑《つむ》ったただろう」

「なんですか、それ。学校ですよ。警察官としてやっていけるかどうかを見極める、最初の関門じゃないですか。半年、側《そば》について指導してみて、その上で向き不向きを判断し、篩《ふるい》にかけることこそ学校の責務だと思いますけど」

「まあ、そうはいってもな。向こうは向こうで、役に立つ立たないは現場で判断してくれ、教えるだけは教えたからな、ってな感じだろうし」

とはいえ、今さらなにをいっても仕方がない。これ以上いえばただの愚痴にしかならない。そうお互いわかって、話を切り上げた。

その後、秋の異動時期に合わせ、里志はこの栗谷交番へと配置換えとなった。表向きは他の受け持ち管内を経験させるという体《てい》だから、緑が丘の箱長にも本当のことを知られることはなかった。

そうして十月が過ぎようとしていた。

黒いカブにまたがる平たい背中を見ながら、貴衣子はバイクを走らせる。

2

地域課の勤務は三交替制だから、里志と共にした当番勤務は実質まだ八回程度だ。今のところ、なにか不都合や問題があるということはなかった。指示には従うし、教育にも真面目な態度で応じるし、上司への礼儀もきちんと取れる。気配りができないのはこの年齢なら仕方のないことだから構わない。しいていうなら、覇気だろうか。

警察官という職業を自ら選んだのだ。それなりに、心燃やすものを持っている筈と貴衣子は考えるが、この里志からはそういったたぐいのものは感じ取れない。今さらながら、大場主任がいった、『目が遠い』という言葉が理解できる気がした。

気になったので、どうして警察官になったのかと訊いてみた。

元来、プライベートな話はなるたけしないようにというのが、指導における暗黙のルールとなっている。そうはいっても、二十四時間共に過ごし、ときに危険な事態にも協力して対応せねばならない関係だ。普通の職種とは違う。信頼関係を持つことも重要だと考えているから、貴衣子は立場や性別を超え、それなりに打ち解けたいと思っている。

里志は最初、人の役に立つ仕事だとか、地域住民との繋がりを持ちたいとか、取ってつけたような返事をした。なにいっても咎《とが》めたりしないからと促したら、困った顔で本音の言葉を吐いた。

それが、『公務員ですし、身分証が格好いいですから』だった。

ああ、と納得しつつ、胸を撫《な》でおろした。これが、拳銃を撃ってみたかったからとかいわれると考え込んでしまう。確かに、手帳タイプから縦に二つ折りするバッジに変わって、見栄えは良くなった。オジサン世代は、書き込みのできる前の方が使い勝手がいいらしいが、若い世代には今のものが概ね好評だ。

「そういえば、よく磨いてるわよね」

そう茶化すと、意外にも顔を赤くした。貴衣子が無闇に叱ったり、説教じみたことをいわないとわかったらしく、徐々に踏み込んだ問いにも返してくれるようになった。その代わり、貴衣子も自分の話はする。

卒業後、赴任した所轄の地域課を出たあと、別の署の交通課で数年勤め、それから警備課、刑事課を経験したこと、結婚はしたがバツイチであることなども話した。自分の話をするからといって、里志にも話せという素振りは見せない。あくまでも自ら進んで口を開いたときだけ、熱心に耳を傾けるようにしていた。なのに。

「離婚するっていうのは、面倒臭いもんですか。よく、結婚よりエネルギーがいるって聞きますけど」

さすがにその質問をされたときは絶句した。薄い茶色の虹彩《こうさい》が屈託なく向けられるのを見て、苛立《いらだ》つよりもなるほどと合点する気持ちが湧いた。加減がわからないのだ。踏み込む度合い、気配りの範囲、信頼をかける深さ、人間関係にはどうしても微妙な匙《さじ》加減が必要になる。社会に出れば手探りしながら覚えてゆくものだろうが、そういう手間を惜しんだり、倦《う》んだりして手を抜くのもいる。子どもじみた言動をしてしまうのもそのせいだろう。

そういう話題は簡単に振るものではない、人の心にどんなダメージがあるのか推し量れない以上、遠慮しなさい、とだけ注意した。

貴衣子の元夫は一般の職業の人で、合コンのような集まりで知り合った。警察官という仕事を大層意義のあるもののように思ってくれて、女性でいながら多くの男性に交じって頑張る姿が世の中を明るくするといってくれた。その濁りのない言葉が嬉《うれ》しく、優しい思いやり深い人だと思った。

それが結婚後、僅か一年半で別れることになった。子どもは得られなかった。大きな問題があった訳ではない。最初のうちは貴衣子の仕事に理解を示し、励ましてもくれた。だが、泊まり勤務で二十四時間以上、家を空けるということに段々と不安を感じて行ったようだ。当時は、地域課ではなかったので、当直も一週間に一度程度であった。なのに、貴衣子が泊まりのときの話などをすると嫌がるようになった。やがて、当直で貴衣子がいない夜には、自宅に会社の同僚や友人を招いて飲み会をするようになった。

明けて戻るなり、汚れた家の掃除をさせられることが続き、二人のあいだで諍《いさか》いが増えた。離婚を切り出したのは夫の方で、そのときになってようやく寂しかったのかと気づいた。たった一日、妻がいないだけでと情けなく思う気持ちもあって、そのまま離婚に応じた。

もっと夫の気持ちに寄り添えば良かったと、ずい分、あとになって思った。貴衣子もまだ二十代で、仕事が面白い時期でもあったし、刑事課に入ることや昇任するという目標もあった。休みの日も刑事講習や昇任試験の勉強に費やしたり、上司や同僚との付き合いを優先した。夫という存在に甘え、家族になったのではなく、家族にしていかなければならなかったのに、それがわからなかった。人の心を慮るにはまだまだ未熟だったのだ。

「おハヨ、ございます」

バイクを交番横の駐車スペースに置いてすぐに声をかけられた。

褐色《かっしょく》の肌に、彫《ほ》りの深い顔をした三十前くらいの女性だ。ひと目で日本人ではないとわかる。

「お早うございます」と貴衣子もいう。視線をさっと流して、里志にも促す。

「お早うございます」とヘルメットを脱いで頭を下げた。

里志はそのまま交番に入り、奥の休憩室へと向かう。

前日の当務員は、既に帰署している。交番も少しのあいだ無人になるときがあるが、その際は、机の上の固定電話で本署と繋がるようになっている。

鍵を開けて、奥の休憩室からパソコンなど業務に必要なものを取り出し、セットする。

貴衣子はヘルメットを取ると髪を撫でつけ、活動帽を被《かぶ》りながら、挨拶してきた女性と話を始めた。

この先の農協の駐車場では、週に一度、火曜日の早朝、市《いち》のようにして直販売を行っている。近隣の農家が野菜などを運び入れて売るのだが、このジャカルタ出身の女性も毎週、欠かさずやって来る。去年、地元農家の男性と結婚し、以来慣れない農作業を手伝うのを見かけるようになっていた。巡回連絡のカードには確か、アウラという名前で二十八歳とあったことを思い出す。警らで近くを訪れたとき、日本人の夫のうしろを歩くアウラの姿が、まるで子犬が引かれているかのように頼りなく見えた。夫は背の高い男で、その身長差が余計に心もとなく思わせたのかもしれない。確か、年齢も離れていた。

最近、言葉への物怖《ものお》じがなくなったのか、挨拶する貴衣子にも少しずつ応え始め、夏が過ぎるころには、向こうから声をかけてくることが多くなった。

「今日は、どう？　売れた？」

女性が抱える青色のコンテナには、菜っ葉の屑《くず》が散らばっていた。

「ハイ。全部、ＯＫ」

褐色の顔に真っ白な歯が広がる。こんな笑顔になるなら、もう安心かな、と思う。

アウラはコンテナを抱えたまま、歩道を走ってゆく。道の先に夫が車を停《と》めて待っているのだろう。見ていると、足を止めて通りすがりの男性二人と話を始めた。アウラより少し若そうな、容姿からして同じアジア系の外国人らしい。知り合いのようで、互いに笑顔を残して別れ、また駆け出して行った。

そのあとも、朝市帰りの人らがレジ袋などを提げて、交番前を通る姿があった。貴衣子に気づいて挨拶をしてくる人もいる。それらを見送り、一段落《いち》したところでなかに入る。

一旦、休憩室に入り、機材を確認する。窓口でもある表のスペースには、カウンターとその向こうに事務机と椅子と固定電話くらいしかない。鍵の掛かる休憩室に、パソコンや書類、筆記具から現場用のカラーコーン、フェンス、さすまたや誘導灯などが雑多にしまわれている。そこに冷蔵庫や流し、コンロなどもある。二階は仮眠室となっていて当務員が交代で使うが、日中、そこに入ることはない。

「浦主任、ポットの湯、沸きました」

里志は冷蔵庫からペットボトルを取り出して飲んでいる。貴衣子は部下にお茶を淹《い》れさせるのは好まない。上司や客が来たなら淹れるよう指示はするが、基本、自分のことは自分でしたい。それでも、貴衣子が温かいお茶を飲むことにしているのを知ってからは、コンセントを差してポットのお湯だけは沸かしてくれる。

急須でお茶を淹れ、自分用のカップでひと口飲む。

里志がパソコンで昨日のひったくり事案の確認をするのを横から見て、映像ある？と訊いた。里志は黙ったまま頷き、操作して画面をこちらに向けた。

大通りの防犯カメラが映し出された。多少、ぼやけたところはあるが、バイクに乗った黒っぽいジャンパー姿の男が道を横切っている一瞬が捉えられている。

今朝、同僚から聞いた通り、先月のひったくり犯と酷似していた。刑事課では同一犯として捜査しているだろう。貴衣子はカウンター際に立ち、壁にある受け持ち区域の地図に目を当てた。

宇口係長からも指示があったが、夜間の警らを重点的に行う。そのためのコースをいくつか考えてみようと思った。貴衣子は地図にある栗谷交番の上に指を置き、そこから道をいくつか辿《たど》ってみる。

栗谷交番の受け持ちエリアは、羽鳥西署管内のなかでも、比較的のどかな地域になる。十三ある交番のうち二か所は駐在所で、栗谷もいずれ駐在にしてもいいかと思われている程だから、推して知るべしだ。駅や繁華街などを抱える交番が、二十四時間勤務の当番勤務員の他に、九時五時の日勤勤務員も入れて常に三、四名在番するのと違い、栗谷には当番勤務の二名一組の警察官しか就いていない。また、最初にペアを組むと異動などがない限りしばらく代わることがない。駐在所のように、その地域の顔になるということだ。

栗谷の区域には住宅街と農業地帯が四対六の割合で広がる。電車の駅はなく、バスが唯一の公共交通機関だ。いまだ駐在にならないのは小学校があるからで、それが一番大きな施設となる。田畑の背には小高い山があって、その裾《すそ》を回るようにして二級河川が走っている。

丘陵地帯には小さな滝や由緒ある古刹《こさつ》もあるが、知る人ぞ知る隠れ里なのでめったに賑《にぎ》わうことはない。ただ、そんな静けさが好まれるのか、奥まったなかに会社の保養所や、別荘みたいな住宅も僅かだがあった。

「お巡りさん、お巡りさん」

五十過ぎくらいの女性が、戸口から顔を覗《のぞ》かせた。貴衣子と里志が同時に振り返る。

「佐久間《さくま》さんのおじいちゃんが、また一人で歩いている」と、普段着に先ほどの朝市のらしいビニール袋を両手に提げ、顎《あご》を振って左手を示す。

「あら」

農協朝市を楽しみに通っていて、貴衣子とも顔見知りだ。家の近くまで戻ったところで、佐久間老人を見つけたらしい。

「どこにいました？」

「ほら、アジアンアパートの横にある小さい公園。あたし、犬を散歩させている人に袖を摑《つか》んでてもらうよう頼んできたから」

「ありがとうございます。こちらからご家族に連絡してみますね。澤田巡査」

「はい」と席に着いたまま顔だけ上げる。

「先に公園に行っておじいちゃんを保護して。わたしは娘さんに連絡してから向かう」

「わかりました」

立ち上がってパソコンなどを奥へ片づけようとするのを「わたしがやっておくから行って」と促す。ヘルメットを被って外に出てきた里志を、女性はしげしげと眺める。最近、新しい人に代わったことに気づいてはいただろうが、初顔合わせらしい。

邪魔になったのか、里志はぶっきらぼうに、「バイク出しますからどいてください」という。女性は、あららと呟きながら塀際に避《よ》けた。道路を走って遠ざかるのを女性が肩をすくめて見送っているのを、貴衣子は固定電話を耳に当てながら見つめた。

佐久間老人を最初に保護した際に、娘さんの携帯電話番号を聞いていたのでかけてみたが、電波が繋がらないという応答だった。まさか電源を切っている訳はないだろうと思いつつ、巡回連絡カードに記載のある自宅の固定電話の方へかけ直す。数度の呼び出し音のあと、留守番電話に切り替わった。簡単な説明と老人の居場所を吹き込んだあと、取りあえず現場に向かうことにして、貴衣子もヘルメットを取る。無線で本署地域課に交番を離れる旨、短く伝達し、宇口係長からの了解の言葉に押し出されるように、バイクにまたがった。

公園の真ん中で、小柄な老人が里志に腕を摑まれながら立っていた。

歩いて近づき、少し屈《かが》んで声をかけた。

「佐久間さん、どうしました。娘さんはお出かけですか」

今年、八十八になるという佐久間喜一《きいち》は、頷きながらも貴衣子の顔を通り越し、公園の先へ視線をふらふら流す。認知症を発症しているということだったが、体は丈夫らしく、こうして自分の足で歩くことに不自由はない。ぱっと見、元気そうだが全身を隈《くま》なく見ると、こめかみや顎に擦り傷があり、血管しかないような腕にも青あざや絆創膏《ばんそうこう》があった。徘徊《はいかい》を繰り返すうち、どこかで転んだのかもしれない。まだかさぶたのできていない傷もある。

貴衣子はもう一度、自分の携帯電話から佐久間宅へ連絡を入れてみる。耳に当てて呼び出し音を聞いていると、佐久間寛子《ひろこ》が公園の入り口に姿を現した。駆けて来たらしく、立ち止まるなり胸の辺りを押さえて上半身を折る。全身から汗を噴き出させているのに、顔色は青ざめていた。

寛子はまだ六十前であったかと思うが、ストレスによるものか標準体重をかなりオーバーしていた。疲弊した表情をしているのにどこか暢気《のんき》そうに見えるのは体形からくるものだろう。髪は白黒まだらで、深い皺《しわ》と濃い染みが顔だけでなく首筋まで広がっている。

「すみません」と、ふっくらした体を揺らし、何度も頭を下げた。すぐに佐久間老人の手を握るが、視線はやはり寛子を通り越している。

「佐久間さん、どうかされましたか？　このあいだ、玄関の鍵を替えるとかいうお話をしておられましたよね」と責める気色《けしき》など微塵も見せないよう問う。

「ええ。鍵は替えたんですけど。玄関扉が開かないとわかるとトイレの窓から出たみたいで」

「は？　トイレの窓？」

貴衣子は一度だけ、保護した喜一を連れて佐久間宅を訪れたことがある。この公園から は歩いて十分近くかかる住宅街のなかにあって、相当古い平屋らしく、ほとんどが和室の 上に段差も随所にある。建付けも悪くなっており、大雨の日は雨漏りもするという話だっ た。トイレは洋式ではあるが奥の壁に昔からの引き戸窓がある。便器の上に乗れば、娘と 違って小柄でやせ細った喜一なら抜けられないことはないだろうが、この老人がそれをし たのかと思わずまばらな髪の頭を見つめた。認知症以外に具合の悪いところがなく、その 丈夫さが災いして徘徊したり、反抗したりで娘をわずらわせていることは聞いていた。特 養のホームに申し込みをしているらしいが、まだ空きがないということで寛子が面倒を看《み》 ているのだ。

土日以外はヘルパーの人が来てくれるので、平日、寛子はスーパーの惣菜《そうざい》売り場でパー ト勤めをしている。そのスーパーと自宅のあいだに老人を保護した公園があり、どうも喜 一は娘が働いているところを記憶していて、それを目指して歩いているらしい。十分以上 かかる道のりをテクテクやって来て、だいたい保護されるのもこの公園の周辺か、スーパ ーの手前辺りが多い。

ヘルパーさんは十時にならないと来ないので、それまでは寛子も自宅にいる筈なのに、携帯電話や自宅の電話に応答がなかったが、と一応訊いてみる。腕時計に目を落とすと、十時を少し回っている。

寛子は、体調が悪くて横になって休んでいたら寝入ってしまい、電話が聞こえなかった、携帯電話は電源を落としたままバッグに入れていた、とほつれた髪を指でかき上げた。近くで見ると、寛子は確かに具合が悪そうだ。声に張りがないし、目の下には隈ができていて、腕をしきりに撫でさすっている。

「大丈夫ですか」

ええ、と更に髪を耳にかき上げながら、また頭を下げる。そうして散歩を嫌がる犬を引くように、寛子は父親の腕を取り、宥《なだ》め宥めしながら公園を出て行った。恐らく、ヘルパーさんが心配顔で待っているのだろう。

「戻ろうか」

貴衣子が里志を振り返ると、俯いて手元を見ている。

「なに?」

「佐久間老人が手に握りしめていたんです。チラシとかですけど」

受け取って見てみる。不動産のチラシや水道管洗浄の広告、通販のＤＭもある。広げるとパラパラとこぼれるものがあった。小さな花や星の形をした、動物の餌《えさ》のようなもので、一緒に手に握っていたらしい。

「どっかの郵便受けを漁《あさ》って持って来たみたいね」というと、「いいんですか」と訊く。

「なにが」

「だって一応、これも窃盗ですよね。今回は、宛名のないチラシ程度だから被害確認は無理でしょうけど、以前にはコンビニのものを勝手に持ち出したこともあると聞いてます。いくら認知症でも、このままにしておいていいんですか」

「うーん」

貴衣子は、里志のそれなりの遵法《じゅんぽう》精神を評価しつつ、納得できる説明を思案する。

「確かに、窃盗になる。たとえチラシでも。だから、このままにはしない」

言葉を選びながら、頭のなかで整理しながら続ける。「コンビニから被害の訴えがあれば、相応の対処もする。人の家の郵便受けを漁るのも同じ。ただ、心神喪失の者の犯罪が罪に問えないということは知っているわね。もちろん、だからといって放ったらかしていいということでもない。ただ、我々がすべきことは老人を捕まえることよりも、娘である佐久間寛子氏に対して保護責任、監督責任を問うことじゃないかな。どうしても佐久間喜一さんをどうにかすべきということなら、それはやはり行政機関の管轄になるでしょう」

「行政ですか。市役所、保健所、福祉協議会」

「そうね、たぶん。でもね」貴衣子は、里志の薄い目を見つめる。「我々の仕事は治安の維持、国民の身体生命の保護。そういう意味合いからすれば、喜一さんを見つけたなら保護し、無事に保護者に引き渡すのも仕事。それは何度同じことが起きてもしなくちゃいけないことよ」

「何度あっても？　ずっと？」

「そう。何度でもやる。澤田巡査、仕事は同じことの繰り返しよ、どんな職種でも」

貴衣子はヘルメットを被り、バイクにまたがる。エンジンキーを回す前に、そうだ、もうひとついい忘れた、と振り返った。里志がヘルメットの顎ベルトを装着しながら目を上げた。

「また同様のことがあったとしても、寛子さんを責めるようなことはいわないように。どうしてもいいたいのなら、注意するのでなく、意見を述べること。澤田巡査、これだけは念を押していっておく」

里志が頷くのを見て、エンジンを掛けた。走りながら古びた建物に貴衣子はちらりと目を向けた。通報してくれた女性もそれがアパート名のように当たり前に告げた。

アジアンアパート。

確かに、入居者全員が外国人だ。これまでも留学生や技能実習生、企業の海外支社からの出向者や短期滞在者も含めて二十代から三十代が多く住んでいた。出身国もアジア圏が多かった気がする。ひとつの部屋にだいたい三、四人が暮らす。アパート前の砂利を敷いたスペースには自転車が重なるように並べられていた。

今では、どの町にも外国人が暮らしている。地元の人と一緒に生活する風景も珍しくなくなったが、一部の人間のなかには、ひとつの建物に密集して暮らしている様が、なにかの集団めいて違和感を覚える者もいるらしい。アパートの住人らもそんな気配を察するのか、加えて自分の仲間が身近にいることもあって、なかなか周囲の日本人と打ち解けることはない。同国人同士だと大きな声で母国語でお喋りするのに、近所の人相手だと萎縮したように首を引っ込め、たどたどしい日本語で短く問われたことだけに答える。

貴衣子は栗谷交番に配属されてすぐ、このアパートにも巡回連絡に訪れた。言葉こそ不自由そうではあったが、ほとんどの人がきちんと応対しようとしてくれた。部屋のなかが乱雑で不潔そうなのは気にはなったが、同じ国の仲間がいるからこそ孤独や国を離れている寂しさが紛れているのも事実で、寄り集まっていることのメリットの方が大きいように感じた。また、そのうち里志を連れて回ろうかと考える。

3

交番に戻ると、また奥の休憩室を開ける。里志はパソコンをセットしながら、ペットボトルの水を飲み始めた。朝晩には冷気を感じ始めた季節でも、そんなに喉が渇くものなのかと貴衣子は年齢の差を意識しながら活動帽を取り出す。

里志は机につくとパソコンに向かい、警ら日誌に書き込み始める。事案があるたび作成しなくてはならないもので、今はノートでなくパソコンに入力している。里志が書き込んで、それを箱長である貴衣子が読み、追加コメントと確認の印を打ち込む。その都度、本署地域課には送信するが、宇口係長は大概、勤務明けに送る最終報告だけを確認する。

リズム良く打ち込む音を聞きながら、貴衣子は交番前に出て背筋を伸ばした。

栗谷交番は交差点の角にあり、東西に片側一車線の県道が、南北に同じく一車線ずつの市道が走る。県の中心に向かう通勤組が通り過ぎると、途端に車の数はまばらになる。県道沿いにはバス停があるので歩道にもそれなりに人が溢《あふ》れ、小学生らも列をなして行くが、勤務に就くころにはほとんど姿が見えない。

道を渡った南側には商店街が東西に延び、通り抜けた奥には小さなスーパーもある。その周囲には古くからの住宅に加えて真新しいマンションや戸建てが固まっている。その奥は田畑や山林で農家が何軒かあった。県道の北側は消防署の出張所、図書館の分室、公民館があり、こちらも徐々に田畑が広がって、やがて開けた景色を目にすることになる。

標高は三〇〇メートルもないような山だが、冬ともなれば雪を被ることもあり、稲のない田の景色と合わせると、侘《わび》しく寒々とした姿を見せる。

そういえばこのあいだから、山から狸《たぬき》や鼬《いたち》などの動物が下りてきて農家の納屋や自宅に侵入しては悪さをするとの苦情が寄せられていた。それこそ管轄違いだと思うのだが、困り果てて相談に来るのをむげにはできない。

昨夜はどうだったのだろうと、日誌を確認してみようと思ったとき、キーボードを叩《たた》く音が消えているのに気づいた。

振り返ると里志がじっと画面を見ている。手元はキーの上に落ちたままでぴくりともしていない。目が左右に揺れているので、文字でも追っているのだろう。

「なにを読んでいるの？」と訊いた途端、両肩が跳ね上がり、貴衣子の方が驚いた。

なんでもないです、と口早な答えと同時に画面を折り畳む。あえて突っ込むことをせず、昨夜の日誌に、農家からの苦情が入っていないか確認するよう指示する。里志は黙って頷くと再びパソコンを開き、ページを繰るため忙《せわ》しなくマウスを動かし始めた。

「昨日の午後四時過ぎ、十二番地の小林《こばやし》氏より、山中に設《しつら》えた道具置き場が荒らされていると通報。打田《うちだ》主任らが臨場した結果、現場の足跡や糞《ふん》から見て狸だろうということです」

「道具置き場？　狸が荒らすかしら」

「えっと、追記があります。そこに駄菓子などの食べ物の残骸があり、どうやら誰かが勝手に侵入し、ここで遊んでいた形跡が見られる、とのことです」

「そっちの方が問題ね」

「どうせ小学生か中学生でしょう。人気のない山のなかの納屋なんか、格好の遊び場ですよ」

「そうだろうけど、もうちょっと管理をしっかりしてくれないと。道具置き場なら、ノコギリや鉈《なた》なんかもあるだろうし」

「打田主任から、管理を強化するよう厳重注意済みとあります」

貴衣子は頷いた。荒らされたと被害を訴えたのに、逆に注意されて小林某は面白くなかっただろう。どんな人だったろうかと考えるが、思い出せない。

時計を見るとそろそろ十一時半だ。

「交代で昼休憩しましょう。先に食べて」

里志はすぐにパソコンを切ると立ち上がった。上着と活動帽を脱いでジャンパーを羽織ると、そのまま身軽く交番を出て県道を渡って行く。こういうときの動作は速いな、と改めて感心する。

商店街には弁当屋やお惣菜屋、コンビニもある。里志は大概、その辺りで賄《まかな》っている。すぐに戻ってきて奥の休憩室に入ると、扉を半開きにしたまま、静かに食事を始めた。

貴衣子は机についてパソコンの画面を開く。昨夜の警ら日誌を順に捲《めく》ってゆく。

深夜二時五分。夜間警らの途中、打田主任らが中・高生らしい男女がコンビニ前で屯《たむろ》しているのを発見し、注意しようとしたが逃げられた、とあった。制服を着ている者もいて、緑が丘交番受け持ち区域にある曽我《そが》学園のものだと思われ、あとで店の防犯カメラの映像を確認させてもらうことにしたとある。ただ、その後、どのような結果になったかは記されていない。ひったくり事件が発生し、同時に緊急配備が敷かれたからだ。この栗谷交番でも県道上を簡易検問し、被疑者の捕捉に努めたとある。

二時間後、緊配は解除されたが、それからも重点警らに出るよう本署からの指示で、夜通し歩き回っていたのだ。結局、生徒の特定は未済となっている。

これを見ていたのだろうかと貴衣子は後ろの扉の奥の気配を窺う。パソコンに向かっていたときの里志の息を殺すような真剣な様子に、なにがそんなに気になったのだろうと首を傾げた。午後からこのコンビニに行ってカメラの確認をしてみようかと考えているとき、お巡りさん、と呼びかけられた。

戸口に三十代くらいの女性がいて、ポシェットを拾ったという。パソコンの画面を閉じて、どうぞなかに入ってくださいと声をかけた。


午後になると、本署の宇口係長から事故発生の連絡が入った。

商店街を抜けた路上でバイクと車の接触事故があったらしい。パトカーと救急車が向かっているが、貴衣子らも出動するよう指示が飛んだ。

商店街の通りは一方通行で、バイクだと逆行になる。回り道するより徒歩で行く方が早いと里志と二人で駆け足になる。

「だってそっちが停まらないからでしょ」

「なにいってんだ、そっちの信号、赤だったろうが」

辿り着くころには争うような声が耳に入ってきた。道行く人らが同じ方向を眺めていて、立ち止まっている者もいる。

貴衣子らの姿を認めたらしく、一旦は声が途切れる。見ると路上にメタリックブルーのバイクが倒れ、少し先にはグレーの軽自動車が路肩に寄せられて停まっていた。

「怪我はありませんか」

バイクの運転者らしい中年女性が、散らばった買い物を苛立ったように指差す。興奮状態でこちらのいうことを聞いていない。再度、怪我は？　と声を大きくして問うと、やっとわかったという風に瞬《また》き、倒れた拍子に地面に打ちつけたみたいと左肘と左足側面をさすった。厚手の服を着ていたのが幸いしたのか、血が滲《にじ》むまでには至っていない。それでも打撲はしているのだから、一応、病院に行くよう勧める。やがて救急車のサイレンが聞こえ、重なるようにパトカーの間延びしたサイレンもどんどん大きくなっていった。その音を聞いて車の運転手よりもバイクの女性の方が、嫌だわ、大袈裟《おおげさ》なことになったら叱られる、と慌て出す。

そのあいだも自動車の運転手は里志に向かって、自分は信号に従って直進していただけだといい募り、憎々し気にバイク女性を睨《にら》みつけた。それに気づいた女性は目を尖《とが》らせ、「あたしはちゃんと青信号で走ってました」と声を荒らげる。

どうやら軽自動車が二車線道路を走行していたところ、交差点の左方向から、こちらは一車線の一方通行だが、バイクが走ってきて出会い頭にぶつかったという体らしい。どちらの信号が正しいなどは、この場では判断できないし、しようもない。

先にパトカーが到着し、里志と共にカラーコーンを並べて、他の車両の誘導、交通整理を始める。救急車が来ると、嫌だわ嫌だわと駄々をこねる女性を押すようにして乗り込ませた。間もなく、交通事故捜査係の車両がやって来て、車の運転手を相手に実況見分を始めた。

それらがひと通り済むまで、およそ一時間半はかかっただろうか。パトカーが離脱するのに合わせて貴衣子らも交番へと戻る。

再び、里志がパソコンで警ら日誌に打ち込み始めた。

「今日は、色々ありますね」

色々というい方がおかしくちょっと笑う。里志が気にして、え、という顔をした。

「ううん、あなたみたいな若い人がそういうと、妙な感じがするなと思って」

「どうしてですか？」

「これまでもっと色んなことがあったでしょ。子ども時代、学生時代、仕事をしていた訳じゃないんだから、新鮮なことばっかりだったでしょうに。今日あったことくらいで、大袈裟だなと思ったのよ」

里志はふと手を止め、思案顔をする。ゆっくり瞬きをし、画面を見つめながら、「学校に行って、授業を受けて、図書館行って、家族とご飯食べて。毎日、同じでしたけど」という。

「そういう生活のルーティンじゃなく、気持ちとしてよ。好奇心も今よりずっとあったでしょうし、喜怒哀楽も素直に自然に出せたでしょ。大人になると抑圧されることが多いから、心に変化も起きにくい」

「そう、でしょうか」

里志はまだ画面から目を離さないが、手元は止まっている。

「僕は、子どものときから自然体で生きていた感覚ないですね。自然体であることの意味もよくわからない」

「そうなの？　大人しい子どもだったってことかな」

「どうでしょう。あんまり、興味がなかったんだと思います」

「興味が？　なにに？　学校？」

「……なににも。特に、人、他人かな」

「あらま。それいうか。この仕事に就いて」と呆《あき》れた顔をして見せるが、里志の表情に変化はない。

こういう感覚も今どきの若い人には普通のことなのだろうか、それとも里志独自の気質なのか。貴衣子はまた考えることが増えそうな気がして、倦《う》む気持ちを撥《は》ねのけようと勢い良く立ち上がった。そのまま狭い交番を出て、腰に手を当てた格好で県道沿いに立つ。

南北の信号が変わり、目の前で車両が順次停まってゆく。北から見慣れたバイクが寄ってきて、貴衣子を見た運転者が、あ、という形に口を開けた。すぐにブレーキを掛けると、停止線を少し越えたところで、ふらつきながら停まった。信号間近で警察官を見つけると大抵の運転者は慌てる。両足をつき、傾きかけた体勢を戻そうと踏ん張っている。

「ご苦労さま」

口元を弛《ゆる》めて声をかけると、顔見知りの郵便配達員はヘルメットの縁にさっと右手を添え、挨拶を返してきた。まだ三十手前くらいの陽に焼けた、見るからに元気そうな青年だ。配達地区が栗谷交番の区域内なので、しょっちゅう顔を合わせる。見れば互いに挨拶する程度だが、さっそうと走り抜ける赤いバイクは見ていて気持ちがいい。

後ろに乗せた集配用の赤いボックスは蓋《ふた》が山形になっていて、小振りの衣装ケースくらいの結構な大きさがあるが、目に馴染むと配達員と一体になって可愛《かわい》く見える。白いヘルメットに爽やかなブルーの制服を着、くるくる自在にバイクを操る姿は、町の風景に完全に溶け込んでいる。つい、里志と比べそうになって、小さく首を振った。

「配達は順調？」

停止線を越えたことには気づかない振りをして、後ろ手のまま近づく。

「今日は大漁でしたか」と笑みながら、集配ボックスに手を伸ばした。郵便配達員は、

「そうだ、お巡りさん」と、ヘルメットの下から目を開いていう。

「うん？　なに？　どうかした」

「えっと、ですね。うーん、大したことじゃないと思うんだけど、さっきね、市道から横道に入った先にある別荘みたいな大きな屋敷に配達に行ったら、窓が開けっぱなしになってたんですよ。大きな縦に長いやつ。インターホン鳴らしても応答がなかったから留守だと思うんだけど、最近、あそこに家の人がいるのを見てなかったから、変だなーって」

「市道から入ったところの別荘……、確か、青野《あおの》企画という会社の保養所になっている家ね。そう、窓がね。わかった、ありがとう」

信号が変わるのを待って、赤いバイクは走り去った。

貴衣子は交番のなかに声をかける。

「澤田巡査、居宅訪問に行くわよ」

4

「ここ、なんですか？」

「ああ、まだ来たことなかったっけ」

貴衣子はバイクを門扉《もんぴ》の前に置くと、荷台の収納ボックスにヘルメットを入れ、活動帽を出して被った。そして腰の帯革《たいかく》に両手を当てて、ひとまず背筋を伸ばす。

「十年ほど前は個人の別荘だったらしいんだけど、その後、転々と持ち主が代わって、今は青野企画という会社が厚生施設として使用している。たまに社長の青野氏が社員らと来ているみたいだけど、この庭木の状態からもわかる通り、ほぼ放ったらかしよ」

「もったいない。古びてはいますけど、なかなかいい感じの建物ですよね」

「そう？　こういう洋館なんか昔の映画に出てくるけど、今も人気あるのかしら」

「そうですね。アニメやゲームなんかに出てきそうだから」

なるほど、と思う。

背丈を超える高さの深緑色をした鋳物製門扉の向こうに長い石畳のアプローチがある。幅一メートルはある小道なのに、手入れのされていない樹々が左右から伸びてきて、その半分もない狭さとなっている。突き当たりに白っぽい洋館の正面玄関が姿を見せていた。屋根のあるポーチがあって、ドアを挟んで左右に縦一メートル、幅三〇センチほどのすりガラス窓が設えてある。片開き窓で、向かって右側の一枚が大きく開いていた。

インターホンを鳴らすが応答はない。門扉に鍵はなく、閂《かんぬき》を引いてなかに入る。腰に片手を置き、青野さーん、と呼びかけながら石畳を歩く。両側の草木の隙間にも目を配る。元々は別荘として建てられたものだから、洋館の裏側には前庭の倍ほどもある広い庭があって、鬱蒼《うつそう》とした林が取り囲んでいる。

玄関の木製扉を叩く。開いた縦長の窓からなかを窺いながら、青野の名を再度、呼んだ。

「留守みたいね」貴衣子はバイク用の手袋をしたまま、ドアノブに触れた。「開いているわ」

里志がすぐ横で体を硬くするのがわかった。自分もそうかもしれないと思いながら、静かに深い息を吐く。

「入りましょう」

「いいんですか」

「誰か、なかで倒れている可能性もある」

ドアを引き開く。すぐに滑らかな石を敷いた広めの三和土《たたき》があって、半円形の玄関ロビーが続く。綺麗《きれい》に片づいているというよりはなにもない感じだ。靴もスリッパもない。左手に階段があり、右手にはリビングルームのものらしい両開きのドアがあった。灯《あか》りはなく、玄関の縦長窓から射《さ》し込む陽の光でなんとか様子がわかる程度だ。

貴衣子が大きい声で呼びかける。続くように里志も声を出した。

「入りますよー」そういって貴衣子は携帯用のハンディライトで周囲や床面を照らす。階段やロビーの隅にこそ埃《ほこり》や塵《ちり》は見えるが、中央周辺にはそれほどの汚れはなかった。ワックスの剝《は》げた床に斜めからライトを当てると、ぼんやり足跡らしきものがいくつも浮かんで見えた。それがいつ付いたものかはわからないが、痕跡があるなら注意しなくてはならない。

「念のため、シューズカバーしましょう」

「え。あ、はい」

里志が靴を脱いでビニールのカバーをはめ、腰から警棒を取り出したのを見て、貴衣子はすぐに注意した。

「両手で持たないで。右手に持って、左手は空けときなさい」

「はい」

声に震えがないから落ち着いているというものでもないが、側《そば》で感じ取れるほどの動揺は窺えない。貴衣子は里志に頷いて見せると、息を吸って右手にある両開きドアの片方だけをそっと引いた。

やはりリビングルームで、灯りがなく厚いカーテンのせいか家具の濃い影しか見えない。ライトで壁のスイッチを探し、点《つ》けてみた。高い天井から垂れるチューリップを逆さにしたようなクラシカルシーリングライトが橙色《だいだいいろ》の光を落とした。

二十畳はありそうな六角形の部屋で、暗紅色《あんこうしょく》のベルベットソファやカウチが据えられ、中央には縁に細工の入ったガラスの楕円《だえん》テーブルがある。テーブルの上にはグラスが三つと二リットルのペットボトルが二本。部屋のなかに入ると、ほのかに酒の臭いがした。

周囲は板張りの壁で、左手の壁には洋画がかけられ、その下にはシンプルなサイドボードが置いてある。絨毯《じゅうたん》は古びてはいるが、紺や群青《ぐんじょう》色の幾何学模様に花柄を編み込んだ優美なものだった。

左奥に天井から床までの厚いカーテンが見えた。恐らくガラス扉が切られ、裏庭に出られるようになっているのだろう。

部屋全体はシックなリビングルームに見えるが、不似合なものもいくつかあった。折り畳みのアルミパーティション、細長いスタジオライト、レフ板、カメラ用の三脚などで、明らかになにかの撮影場所としてこの部屋を使っていたことがわかる。貴衣子は、その銀色の三脚やライトが床に倒れているのを睨み、声をかけた。

「澤田、ゆっくり動いて」

「はい」

部屋のなかが少し乱れている。酒の臭いが残っていることからも、最近、恐らく昨夜辺り誰かがここにいたのだ。だから、床面の埃も歩き回ったところが跡になって残った。家の持ち主なら問題ないが、鍵が開いたままで応答がないのだから、一応、不穏なものとして扱わねばならない。

「主任、床に酒瓶が転がっています」

大きなソファの下にあるのを見つけたらしい。振り返って壁のサイドボードを見ると、そこにもウィスキーなどが何本か並んでいた。

「うわっ」

突然の里志の声に、さすがに貴衣子の心臓も跳ねた。息を止めたまま、素早く警棒を抜き、体を屈ませる。

「どうしたの」

「人が、人がいます」

跳ねるようにして里志の隣に並ぶ。ベルベットカウチの向こうに足が二本、床に伸びているのが見えた。

「澤田、そっちへ回って。わたしはこちらから近づく」

「は、はい」

新米巡査の声は上ずっている。貴衣子もこういう経験は初めてだから、奥歯を食いしばる。忙しなく打つ動悸《どうき》を鎮《しず》めるように鼻から息を出し続けた。

自身の恐れを払拭《ふっしょく》するように大きな声で呼びかけた。

「どうしました？　大丈夫ですか。警察です」

ぴくりとも動かない。カウチの両端を挟んで里志と向き合い、間に横たわるものを見下ろした。

男が目を見開いたまま絶命していた。

死んでいることはひと目でわかったが、それでも一応、貴衣子は脈と息を確認する。頭部の床に黒い染みが見えたので、顔を近づけた。右後頭部に損傷が見られ、血で固まった髪の毛が傷口にこびりついている。

「死んで、いますよね」

里志の途方に暮れたような声を聞き、貴衣子は顔を上げた。色の薄い目や顔がいっそう白く、まるでフェイスマスクを張り付けたかのように生気さえも消えていた。そんな里志の動揺を見たせいか、逆に自身の血圧が下がってゆくのを感じる。

男は二十代から三十代。日本人ではない。アジア圏か中近東辺りの出身だろう。耳を覆う長めの縮れた黒髪で、肌は色黒、毛深い。鼻の下に髭《ひげ》もあり、眉も濃い。身長は里志と同じ一八〇センチ前後でやせ型。服装はウールの柄シャツだけで上着もコートもない。黒いジーンズに黒の靴下、茶色地に白い紐《ひも》のコンバースを履いている。

「澤田巡査、さっきの酒瓶に血痕があるか確認して。なるべく手を触れないように」

「は、はい」

なにも付いていないという返事を背中で聞きながら、貴衣子も倒れているスタジオライトなどの機材や家具を細かに点検した。更に遺体の周囲を隈なく探す。凶器らしいものはどこにも見当たらなかった。

貴衣子はそれだけ確認し終えると、すぐ様立ち上がり、肩の無線マイクを手に取った。口早に報告すると、宇口係長からすぐにパトを行かせるとの返事をもらう。里志を呼んだが、ぼうっと遺体を見下ろしたまま固まっている。更にきつい声を投げる。

はっと顔を起こしたところを捉えて、今から保養所のなかを捜索すると告げた。えっ、と戸惑《とまど》うように眉根を寄せる。どうして、ここでじっと応援を待っていないのか、というような顔だった。

「遺体は冷えていて全身硬直がある。死後かなりの時間の経過はあるようだけど、だからといって犯人が立ち去っているとは限らない。すぐに保養所内を捜索しないと、もし犯人が潜んでいたなら、我々にも危険が迫る。また他にも被害者がいるのなら、救わねばならないわ」

「でも、僕ら二人だけでは」

「時間を置けばそれだけ全てが遅れる。行くわよ」

貴衣子と里志は前後を確認しながら、玄関ロビーへと戻った。短い廊下の奥はダイニングルーム、キッチン、バス、トイレだろう。里志を階段下に待たせて、貴衣子は奥の扉を引き、ドアを開けたままにして一人でなかに入る。

壁にあるスイッチを見つけ、電気を点《とも》す。こちらも二十畳以上はありそうな広いダイニングルームだった。壁がアーチ状にくり抜かれ、キッチンスペースと繋がっているらしい。外の明かりが射し込むのか、キッチンからは白い光が漏れている。

拳銃ホルスターのボタンを外し、警棒を握って前面に構え、ゆっくり足を運ぶ。左右に細かに視線を走らせ、神経を尖らせた。肌で空気の流れを感じ取る。

十人掛けのダイニングテーブルと椅子が十脚、それ以外には家具はなく、すぐに人のいないのは確認できた。足音を忍ばせ、キッチンを覗き込む。流し台の上にある大きな窓から陽が入っていて、こちらも誰も隠れていないのが容易に知れた。勝手口のドアが見えたが施錠されている。全ての窓の鍵と不審なものがないかを確認し終えると、一旦、廊下に戻る。階段に背を向けながら、じっとこちらを窺っていた里志に大丈夫と合図し、更に階段下にあるトイレや物置も確認する。

「二階に行きましょう」

貴衣子が先に上る。里志が黙ってついて来る。時折、首を回して後ろを確認しているのが気配でわかった。

階段を上がると右に廊下が延び、部屋の扉が並んでいた。

手前からひとつずつ開ける。開けるたび、里志を廊下に待機させ、電気を点ける。二人で部屋に入り、隈なく調べる。怪しむべきものがないのを見て、次に移る。部屋は三つで、廊下の突き当たりにあるのは主寝室らしく十畳以上の立派なものだった。この部屋に窓はなく、代わりにベランダに続く大きな両開きのガラス扉がある。厚いカーテンが掛かっているが、今は左右とも開かれていて外の明かりが部屋に充満している。ツインベッドがサイドテーブルを挟んで並び、それぞれの羽根布団や枕に乱れが見える。誰かが使用したのは明らかだった。近寄って鼻をひくつかせるとほのかに臭った。永く放っておかれた寝具の臭いではなく、石鹸《せっけん》臭に近いものだった。

鍵の掛かったガラス扉越しに外を見渡してみる。せっかくの庭も芝生が伸び放題で雑草と混じり合っているし、樹々も好き勝手に枝を伸ばして蔓《つる》がからまっているような有様だ。周囲を囲むのは高さ一メートル程度の格子状フェンスだけで、乗り越えようとすれば誰にでも容易《たやす》いだろう。側には樹々の密集した林が広がるから、人目を避けるのも難しくない。確か、防犯カメラもなく、警備会社との契約もしていなかった筈だ。めったに使わないし、貴重品もないからと持ち主である青野氏が設置しなかったのだ。不用心だからと貴衣子は強く勧めたことを思い出していた。

青野氏をこの保養所で目にしたのはいつが最後だったのだろう。すぐには思い出せないが、少なくともごく最近、誰かによってここが使われたのは間違いない。

二階の三部屋に向き合うように、トイレ・バスなどがある。洗面台の周囲に歯ブラシはなくガラスのコップだけが伏せてあった。キャビネットを開けると薬類とタオル、シェーバーなどが並んでいる。バスとトイレは一緒になっていて、どちらも使用された形跡はなかった。

便器の横にある棚の奥に小さなポーチが見えた。白地に黒い花模様のもので、貴衣子が手に取ってなかを開けると、生理用品が入っていた。他に白い錠剤の入ったピルケースもある。避妊薬かもしれない。

里志の視線を感じ、見る？　と差し出すと、慌てて首を振った。そして顔を背けるようにしてバスルームから外に出た。

5

午後五時を過ぎると、太陽が消えたかと思うほど唐突に夜が広がった。

パトカーや捜査車両のヘッドライトが闇に裂け目を入れる。樹々が光を浴びて、歪んだ木肌を白く浮かび上がらせていた。

「おーい、浦主任」

貴衣子は規制線用の黄色のテープを持つ手を止め、顔を上げた。羽鳥西署刑事課の主任である村松宗司《むらまつそうじ》が、アプローチの脇で腕を高く上げている。

里志にあとを引き継ぎ、駆け寄る。村松主任は、石畳と平行に草地に敷かれたシートの上で、紺色のスーツ姿の男二人と共に鑑識作業が終わるのを待っていた。

「もう一度、説明してくれないか。こちら、本部捜査一課の加納《かのう》主任と久保田《くぼた》さん」

そういいながらも村松は自身で、「浦主任と澤田巡査は保養所内を調べる際には、手袋とシューズカバーを装着していたし、不用意に床や階段の真ん中を歩くようなことはしなかった。だよな?」と念押しのようにいう。

県警捜査一課の主任なら警部補だ。同じ主任でも所轄の刑事は巡査部長になるから階級は上で、当然、貴衣子にとっても上役になる。

一課の加納主任は何度も頷きながら、「最初の通報は郵便配達員。玄関に施錠はなく、窓も玄関脇の一枚が開いていたが、それ以外全て鍵が掛かっていた、間違いない？」と訊く。貴衣子は、はいと頷き、付け足した。

「被害者の顔に見覚えはありませんが、管内に暮らす住民かもしれません。なお、この保養所の持ち主である青野企画の青野氏ではありません。彼とは直《じか》に話をしたことがありますので」

隣でメモを取っていた久保田捜査員が、「今、青野企画に連絡を取っています」と言葉を挟んだ。加納が、「どうして管内の住民だと思う？　被害者に見覚えはないといったよね」と目を向けた。

貴衣子は見つめ返し、「遺体に近づいたときシャツの胸ポケットの横に付いているタグが見えました。地元の商店街で売っているもので、そのお店のオリジナルです。それだけで断定はできませんが」というと、加納は目を細め、うむ、とだけいった。久保田がちらりと貴衣子を見やり、「そのお店の名前と場所、わかります？」と尋ねてきた。貴衣子が説明すると、またすぐに手帳に書き込む。

「終わったよ」

本部鑑識課の大柄な男が近づいてきた。加納と久保田はそのまま鑑識課員と話をしながら建物へと向かう。村松が貴衣子に、あとよろしくな、と片手をひらりと振るとすぐに二人を追っていった。

門扉の外に出て、ＫＥＥＰ　ＯＵＴのテープの前で直立する。横に二メートルの間隔を空けて、里志も立哨《りっしょう》に就いた。そんな二人の側に宇口係長が歩み寄ってくる。

「浦主任、わかっていると思うが、いいというまで交代でここに就いてもらうことになる。それで、だ。昨夜ひったくりがあっただろう。そっちも放っておけないから、こっちに回せる人員が限られちまう。ちょっときついが頼むな」

「了解です」

ちらりと視線を流すと、里志が無表情に後ろ手を組んでいる。宇口は気遣うつもりでか首を伸ばして声をかけた。

「配属一年もしないうちに、大したもんに出くわしたな。うちの管内で殺しは、何年振りだろうな。ある意味、貴重だぞ」

里志は挙手の敬礼をし、短く返事する。

やがてマスコミや野次馬が集まり出した。係長は一旦、本署に戻るといい、貴衣子らは対応を始める。その後、鑑識や捜査員らが署に引き上げたあとも立哨と現場付近の巡回を繰り返し行い、やがて別の交番から交代が来たので引き上げることにした。次の立哨交代までに夕食を摂《と》っておかねばならないから、バイクを駆って栗谷交番へと急ぐ。

戻ってすぐに、里志の様子がおかしいことに気づいた。

宇口係長もいった通り、殺人事件などこの羽鳥西署管内では珍しいことなのだ。今年、赴任したての人間であればなおさらで、立番《りつばん》中、野次馬や捜査員の目があるせいでお喋りできなかった分、交番では口も軽くなる。周囲に人がいなければ、たった今経験した事件のことを話題にするものだが、里志は貴衣子が話を振ってもうわの空の返事で、加えて夕食もほとんど摂らず、日誌に書き込んだあとは、ぼんやりと椅子に座ったまま交番の外を眺めていた。貴衣子が見つめていることにも気づかない。

最初は、初めて他殺遺体を見たことに狼狽《ろうばい》し、動揺を悟られまいと無理に平常心を保とうとしているのかと思った。冷静になろうとムキになればなるほど、口数も少なくなるし、考えることも多くなる。けれど、里志の表情を盗み見する限り、それとは少し違うように感じられた。

午前零時、貴衣子らは再び、青野企画の保養所に出向いた。

事件の認知から七時間以上が経つ。現場には保全のため立哨に就いている地域課の係員以外、人の姿は完全に消えていた。本署には捜査本部が設置され、刑事部幹部臨席の会議を経て、本格的な捜査が始まっている。マスコミも今は警察署内や周辺で待機し、新しい情報が出てくるのを待っているだろう。

「ご苦労様。交代します」

同じ2係の係員二人と挨拶を交わし、状況や連絡事項の引き継ぎを受ける。バイクが遠ざかるのを見送ったあと、里志と共にハンディライトで照らしながら保養所の周囲を巡回することにした。

鋳物製門扉の両側から格子状のフェンスが左右に延び、それが裏の庭までを取り囲む。白いペンキは剝がれ、錆《さび》が激しく侵食しているが目立った破損はない。栗谷交番から市道を走り、途中の横道を入って坂を上ればすぐだ。市道からの道は一本しかなく、この青野の保養所がひとつの突き当たりになる。だから門の前以外は、ほとんど手つかずの自然がはびこっている。そんななかを二人でかき分けながら歩いた。

秋の深まる季節だから、常緑樹以外は葉を落としていて足元さえ気をつければ、それほど歩きにくいものでもない。手で枝を避け、前任者がつけたらしい跡を辿るようにしてライトを左右に振る。一周で、およそ十分はかかっただろうか。三十分の立番ごとに巡回を入れることにする。念のためにと羽織ってきたジャンパーが、蒸し暑く感じられた。

「問題ないみたいね」

貴衣子はライトを腰に戻すと、規制線のテープを潜《くぐ》り、門からなかを覗いてみる。返事がないので振り返ると、里志が保養所を見上げていた。初動捜査で使った大型ライト類は撤収されているが、立番用にスタンドライトがひとつと、あとは玄関灯だけが点されている。そのスタンドライトの白い光に照らされた里志の顔には、貴衣子がこれまでに見たことのない表情が浮かんでいた。困惑とも怯《おび》えとも違う。まるでなにか大事なものを置き忘れたかのような顔つきだった。

里志がそんな妙な表情を浮かべた理由は、次の巡回のときに思いがけない形で明らかになった。

「え？　なんて？」

貴衣子の声が自然と尖るのは仕方がなかった。里志が目を泳がせながら、もう一度いう。

「この保養所のなかに入ってみてはいけませんか」

「入ってどうするの？」

「別になにかしたい訳じゃないんです。ちょっと見るだけ」

「なにを見るの」

里志は俯くが、その唇が嚙《か》みしめられているのは容易にわかる。貴衣子は瞬きもせず里志を見、言葉を待った。

僅かな間を置いて、里志はゆっくり頭をもたげた。そして貴衣子と目を合わせないまま、

「いえ、やっぱり、いいです」といった。

は？　貴衣子は口を半開きにしたまま、呆気《あっけ》に取られる。

「すみません、立番に戻ります」

そういうなり、貴衣子から距離を取って門扉の前で、後ろ手に組んだ。

そんな里志を見つめ、「ふうん」と息を吐いた。そうすることで、腹のなかからせり上がってくる苛立ちをなんとか収める。

もういい。なにをどういってもこの若者は、素直に話をすることはない。無理に聞き出そうとすれば余計に頑《かたく》なになるだろう。気にはなるが、これ以上、構うことはしない。

自分より二十も歳下で、現場に出たばかりのヒヨコ警官が、どうしてこんな面倒な存在になってしまったのか。そしてその厄介さから目を背け、あっさりと引いてしまう自身の態度にも忌々《いまいま》しさが湧く。なぜ、頭ごなしに叱りつけ、ちゃんと話せと問い詰められないのだろう。自分の対応の仕方が間違っているのか、考え過ぎなのか。これまで心をくだき、多少は打ち解けた話ができるまでになった関係性を壊したくないと思ったのか。

もしかすると、自分はこの新米巡査を導いてやろうという意欲を持ち得ないのではないか。貴衣子はそんなことをまるで回転木馬に乗っている心地で考え続けた。

「浦主任、巡回の時間ですが」

里志の声に、ようやく思考の潜行から浮上する。貴衣子はライトを手にし、黄色のテープを張った門の前から離れた。今度は逆回りで行こうと先に歩き出す。

電灯の光を周囲に向けながら、枝葉を避けてフェンスに沿って歩く。後ろから里志が草木を踏みしだく音が聞こえる。それが突如、早足になった音に変わり、遠ざかる気配がして振り返った。ライトを向けると、里志が駆け寄って門扉に取りつき、開こうとしているのが見えた。

「澤田っ」

貴衣子も走り出す。開け放った門を潜り、石畳の横の芝生を踏んで玄関へと向かう。既に里志は扉を開けてなかに入ったようだった。

玄関ロビーに入り、スイッチを点けた。里志が階段の途中から貴衣子を見下ろしていた。

「澤田巡査」

「浦主任、すみません。ほんの少しでいいんです。すぐに終わります」

背を向け、駆け上がろうとする。大きな声で、わかったと叫んだ。

「澤田、落ち着きなさい。いいから、行くなとはいわないから。但し、わたしも同道する。絶対に一人で行動しないというのなら止めない。だけど、それまでも拒むのなら」

里志は口を開け、なにもいわないまま閉じた。そして諦めたような表情を浮かべ、「わかりました」といった。「そうします、一人で勝手なことはしません。すみません、主任」

貴衣子は弾《はず》む息をため息のようにして大きく吐く。怒りと戸惑いを押し込めるように拳を握り締め、靴を脱いだ。鑑識作業は全て終わっているが、念のためシューズカバーをし、白手袋もつける。里志にも同じように指示し、階段を上って前に出る。

「二階なのね」

振り返って、上目遣いの目が頷くのを見た。

「それで二階になにがあるの。なにをしたいの。いっておくけど、なにひとつ動かすことは許されないわよ」

小さな逡巡《しゅんじゅん》ののち、里志はぼそりと答える。「なにもしません。ただ、二階のどこかに天井が星空になる部屋があるのじゃないかと、それを確かめてみたいだけです」

「は。星空の部屋？」

「たぶん、暗闇にしたら天井に星が現れるようになっているんじゃないかと思うんです」

「そう。で、そんな部屋があればなんなの。どうしてそのことをあなたが知っているの」

「僕は――たまたま、天井を星空にしている部屋があると、人から聞いただけで」

「誰から」

答えがないので振り返ると、里志は押し黙って立ち尽くしている。狭い廊下でいい合ってもしようがないから先に進む。

二階には三部屋ある。里志が一番気になっているのは、突き当たりの主寝室のようだ。扉を開けて、電気を点ける。鑑識の跡が残っている以外は最初見た記憶と差異はなかった。里志は部屋の真ん中、二つのベッドのあいだに立って天井を見上げた。貴衣子も釣られて顎を上げる。なにも見えない。里志は眉をひそめると、貴衣子に断って部屋の電気を消した。廊下の灯りが入るので真っ暗という訳ではなく、最初、貴衣子にはよく見えなかった。だが、じっと目を凝《こ》らしていると天井に蛍火のような白いものが点々と浮かんでいるのに気づいた。どうやら夜空を模した夜光塗料を使った飾りが天井に施されているようだ。

「なるほどね、そういうこと」

「浦主任、このことは鑑識も気づいているでしょうか」

「さあ、どうかしら。室内の調べは五時前ごろからで、まだ自然光が使えたし、陽が沈んでからは電気を点けただろうから、もしかしたら気づいていない可能性もある。どちらにしても報告はすべきね」

「報告した方がいいですか」

「澤田巡査」貴衣子は体ごと返して、真正面から里志を睨みつける。

「肝心なのは、部屋が星天井だったという話じゃないのよ。そのことをあなたが知っていたということが問題なのよ。あなたは、どうしてこんな設えがあることを知っていたの。この部屋のことを誰から聞いたの？」

「それは」

「それは？」

短い沈黙のあと、訥々と話し始めた。黙り込まれなかったことに内心、ほっとする。

里志がいうには、漫画喫茶で耳にした噂話《うわさばなし》のひとつらしい。たまたま女子学生のグループが近くにいて、内緒話をする風で存外にあっけらかんと喋っていた。天井に満天の星が見えて楽しいとか、大きなベッドが気持ちいいとか、ベランダから庭が見えて優雅な別荘気分に浸《ひた》れる、というようなあれこれを漫画を読みながら里志は聞いていたという。

「どうして最初にそのことをいわなかったの。わたしにでなくとも、鑑識作業のあいだ、捜査員の誰かに報告すべきことでしょう」

「本当にこの保養所のことなのかどうか自信がなかったので、まずは確認したいと思ったんです」

「確認？」

「はい。もし違っていたら、余計なことをいうと刑事課の人に叱られると思って」

貴衣子は、里志の子どものような口調と考え方に唖然《あぜん》とし、それでもなんとか言葉を絞り出す。

「そう。ともかく、これは必ず報告すべきことだから。いいわね」

里志は頷く。ほっとしたように白い頬を赤く染めるのを見て、すぐに目を背けた。とってつけたような話だと思った。ただ、今はこれ以上問い詰めても仕方がないと、また諦めのような感情が湧いて出る。

里志を促し、階段を下りる。下りながら、遺体の現場をもう一度、覗いてみることを思いつく。そうなると里志のことを責められなくなるが、もうここまで来たなら同じだという開き直りもある。

一階のリビングルームは、当然ながら二階の部屋以上に鑑識の跡が隅々にまで残っていた。白い粉が埃のように覆っていて、うっかり触れれば逆に妙な痕跡を残してしまいそうだ。番号札もまだ置かれたままなので、そのあいだを忍び足で辿る。遺体のあったカウチの側まで来て、ぐるりを見渡した。

カーテンが重く垂れているが、すぐ横に窓がある。つまり部屋の出入り口からは遠い場所だ。遺体の格好や血痕の量から、犯行現場がここでないことは誰の目にも明らかだった。どこからか移動させたのだとすれば、わざわざ部屋の奥まで運ぶメリットが思い浮かばない。遺体を運んできた人間は一刻も早く、ここから離れたかった筈だ。

そんなことを呟くと、里志が同じように思案顔で腕を組み始める。さっきまでの勝手な行動に対する負い目はもう消え去っているようだった。

「遺体を隠して、すぐに発見されないようにしたかったのでは？」

「カーテンがあったから窓からの発見は防げたし、出入り口から顔を覗かせただけなら見つけられなかったかもしれない。でも、この部屋の戸口まで入って来られる人間なら、結局、遺体はすぐに見つけたでしょう。ここは廃屋でもなんでもないのよ」

「そうですね。だいたい隠すなら、周囲の林のなかとかの方を選びますよね。せっかく、ここまで来たのなら、ちょっとフェンスの向こうに置けば、もっと発見は遅れた」

「そう。わざわざこんなところまで運んできたのなら、どうして山のなかに捨てなかったのか」

「見つけて欲しかったのでしょうか。この保養所は、常に人がいる訳ではないけど、ちゃんと利用はされている」

「そうかもしれない」といってすぐに時計を見た。「戻りましょう。本来の仕事をするわよ」

里志も大人しく従う。

再度、周囲を巡回し、再び、門の前で立哨に就いた。

今度は、里志の方から話しかけてくる。どうやら、疑問が解消できて落ち着いたらしい。そうなると別の不安が頭をもたげたのだろう、自分一人の手に余るとようやく気づいたのだ。

「主任、僕が見聞きしたこと、どう報告すればいいでしょう」

うんざりする気持ちが顔に出ないようにしつつ、後ろ手をほどいて里志を真正面から見据える。

「どう、とはどういう意味？　報告するのに、なにを付け足そうとかなにを隠そうとか考えている訳？」

「いえ、そういう意味では」

「じゃあ、なに？　知っていることは全て、見たことは見た通りに報告する。そして、訊かれたことには正直に答える、それ以外のやり方をわたしは知らないし、習った覚えもない」

里志が悔《くや》し気に口元を歪める。それが貴衣子に身も蓋もないことをいわれたせいなのか、そんな質問をした自分を愚かと思ったからなのかはわからなかった。ただ、助けてもらいたいという気持ちだけはあったらしく、存外に正直な気持ちを吐き出した。

「こういうことを今になって報告すれば、きっと叱られるでしょうね」

今度はさすがに大きなため息を遠慮なく吐《つ》いて、呆れる顔をして見せた。

「澤田巡査、警察の仕事をなんだと思っているの？　わたし達のしていることは普通の仕事じゃないのよ。いい？　ひとつだけ念を押す。叱られるから報告を控えようとか、改ざんしようとか断じて考えてはいけない。処分とか立場が悪くなるとか、そんなことはどうでもいい。個人の気持ちより優先すべきは、決められたことをきっちり行うこと。我々の仕事においては職務を遂行することが第一義なの。特別な権限が与えられている者としてそのことを一時《いっとき》でも忘れてはいけない。わかった？」

「……了解、です」


立哨を終え、栗谷交番に戻って貴衣子は休憩を取ることにした。

本来なら夜間警らに回るところだが、現場保全の立哨という特殊な仕事が入ったので臨機応変に対応する。里志と交代で仮眠を取るため、四十分後に鳴るよう目覚ましをセットした。

栗谷交番の二階にある仮眠室には寝具の他、拳銃などを装備した帯革を収納する金庫があるだけだ。上着を脱ぎ、枕に頭をつけた。色々考えることはあったが、そうすると眠れなくなるから全てを押しやってとにかく目を瞑った。

なにかの衝撃音を感じて跳ね起きた。暗がりを窺うがもちろん自分以外の人の気配はない。枕元の時計を見ると、横になってから三十分は経っていた。

また聞こえた。どうやら人の声のようだ。一階からとわかり、貴衣子は活動服を素早く身につけ、帯革を取り出し、腰に回しながら階段を駆け下りた。下の休憩室をざっと見渡したあと、交番の表口への扉の前で足を止め、覗き穴から確認する。なにかが動いているのが見えた。呼吸を整え、右手に警棒を持ち、そっと扉を押し開く。

左右に目を配るが誰もいない。澤田里志はどこだ？　目まぐるしく考える。さっきの声は里志のものだったろうか。更に扉を大きく開こうとしたら、そこへぬうっと顔が現れ、短く声を上げて仰け反った。

すぐには誰だかわからなかった。再び、奇声が放たれ貴衣子の上半身が一瞬跳ねる。老人はくるりと背を向けると、今度は喚《わめ》きながらカウンターを掌《てのひら》で打ち始めた。貴衣子は肩の力を抜いて鼻から安堵《あんど》の息を吐いた。警棒を腰に戻し、呼びかける。

「佐久間さん、佐久間のおじいちゃん」

喜一はカウンターに寄りかかりながら叩き続ける。なにか気に食わないことでもあったのだろうか、全身からは怒りのようなものが滲み出ていた。そっと肩を撫でさすり、ゆっくりカウンターから引き剥がす。パイプ椅子を広げ、手を握りながら座らせる。

「もうすぐ娘さんが迎えにきますからね。寛子さんですよ。どこか、痛いところはないですか」

顔いっぱいに笑顔を作って見せる。余所《よそ》を向いていた老人の目が貴衣子を捉えたらしく、やがて開けっ放しだった唇を閉じた。ティッシュペーパーを取って、涎《よだれ》を拭《ぬぐ》う。落ち着いてきたのか、椅子に座ったまま足をぶらつかせ始めた。なにか訴えるような言葉を吐くが、先ほどのような勢いはない。

老人の様子を目の端に置いたまま貴衣子は立ち上がると、交番を出て周囲を窺う。声に出して、里志の名前を呼ばわったが、県道を走る車の音しか聞こえなかった。バイク置き場を見ると、一台消えている。無線機に手を伸ばしかけて止めた。これを使えば、基地局のある本署だけでなく、他の交番員にも聞かれる。

舌打ちしながら交番のなかに戻り、取りあえず佐久間宅に電話をかけることにした。呼び出し音を聞きながら、交番の外をずっと睨み続ける。怒りよりも、闇の重さでのしかかってくる不安に胸が痛くなりそうだ。

澤田里志は一体、どこに消えた？

6

十月二十五日、水曜日、当番勤務明け。

午前七時二十分に交番の固定電話が鳴った。

貴衣子が取ると本署の宇口係長からで、いつもより早めに帰署するよう告げられる。その口調から察して、「今から戻りましょうか」と答えると、その方がいいだろうとの返事だった。

「澤田巡査、帰署の準備をして」

机の上のパソコンを片づけながら奥の休憩室に声をかけると、一拍置いて返事があった。

今朝は雲が多いが隙間から青空が見え、時折、秋の濃い陽射しも降り注ぐ。雨の予報はなかったが風が冷たい。ガラス窓の向こうでは、通勤する人々の慌ただしい流れが始まっている。小学生の集団登校にはまだ時間があった。せめて、その子らを見送ってからと思っていたが、そうもいかないらしい。パイプ椅子を折り畳み、ヘルメットを手にしながら表に出る。

里志が休憩室の鍵を掛け、外に出てきた。

バイクにまたがりながら、一応、念押しする。

「戻ったら、捜査本部に呼び出されることになると思う。わたしも同席するから」

ヘルメットが頷くように揺れた。エンジンを掛け、信号を見て路上に出る。後ろをちゃんとついて来ているか、貴衣子は何度もミラーを確認していた。

貴衣子の仮眠中に姿を消した里志が戻ってきたのは、佐久間喜一を落ち着かせて五、六分ほどしてからだった。

思わず声を荒らげかけたが、椅子の上で背を丸くする喜一が目に入って辛《かろ》うじて思い留《とど》まる。その後もしきりに喜一が貴衣子に向かって話しかけ、動き回ろうとするのを抑えるのに手いっぱいで、悶々《もんもん》とし続けることになった。

それから更に十分近くが経過して寛子が交番に転がり込んできた。

「すみません、うっかり玄関の鍵を掛け忘れてしまって」と、青白い顔をしてハンカチで額を拭った。

「こんな真夜中にどうしたんでしょう。なにか落ち着かないことでもあったのかしら」

一度の当務で二度も保護することになったのは初めてのことだった。困ったことがあるのではと訊いてみるが、寛子は乱れた髪をしきりに手で直しながら、幾筋も皺の入った首を振る。

「夕飯に嫌いなおかずを食べさせたからだと思うんです。父は、好き嫌いの激しい人なんで」

ふっと、酒の臭いを感じた。貴衣子は気づかない振りのまま、真っすぐ目を向ける。

「そうですか。体調が悪いのでないならいいですけど、送りましょうか。一人で大丈夫ですか」

寛子は終始、顔を俯けるように頭を下げ、老父の背中を抱えて出て行った。

交番から出て、二人が交差点を渡り終えるまで見送る。寛子が、その身ひとつに背負っているものを軽くするため、ときに酒で紛らわせ、電話の呼び出し音が聞こえないほど眠ることも必要だ。そのせいで老人の徘徊を許すことになったとしても、誰に責められるだろう。そう思いながらも、このままではいけないという憂いもつきまとう。

けれど警察官が個人にしてあげられることには限界がある。佐久間親子だけにかかりきりになる訳にはいかない。老人を保護し、寛子が引き取りに来るまで交番で預かった。社会福祉協議会などの行政機関との橋渡しもした。それ以上のことを寛子が望まないのに、思い入れだけで踏み込むことは許されない。警察は基本、市民の訴えを聞いてから動き出す組織だ。

貴衣子に今もこの先もできることがあるとすれば、顔を見るたび、声をかけることだろう。心に留め、気にかけておく。

人気《ひとけ》の絶えた道から目を外し、さてと、と体を回して大股で休憩室へ戻った。

「澤田巡査、こっちに来て。ドアを閉めて」

里志は首を縮めた猫背姿のまま、のそりと入って来た。貴衣子は流し台にもたれて腕を組む。見上げる形になるから椅子には座らない。里志は察しているらしく、狭い休憩室の流し台から一番遠い隅に立って目を伏せた。

「一体、どこに行っていたの」

「すみません」

「佐久間さんが迷い込んでいなかったら、わたしはあなたがいなかったことに気づくこともなかった。そういう意味では、不運だったわね」

「………」

「いうまでもないことだけど、夜間、我々は単独で行動することは余程の場合でない限り控えることになっている。相方が仮眠中なら起こせば済むことで、まさか、老体を起こすに忍びないと気を遣ってくれた訳でもないでしょう」

「すみません」

嫌味の羅列も、却《かえ》ってこちらの気が滅入《めい》るだけだからこの辺で止す。「もういいから。どこへなにしに行っていたのか、それを訊いている」

「……」

「澤田っ」

貴衣子は大きく胸を上下させる。部下を闇雲に叱りつけたり、傷つけるような言葉を投げることはしないが、それも時と場合による話で絶対しない訳ではない。高ぶる感情のままに責め立てる言葉が溢れ出そうになった。それがこの新人巡査には有効な手立てではないと、本能的に感じられるから懸命に唇を嚙む。そんな様が、さすがの里志にもわかるらしく、息を漏らすように言葉を落とした。

「なんて？ 聞こえない。ちゃんといって」

「その。どうしても気になって、捜していました」

「捜す？ なにを」

「……知り合いの、女子高生です」

「女子高生って。それはあなたの、つまりはガールフレンドってこと？」

貴衣子のいいようが気に障ったのか、返事の代わりに長い吐息を漏らす。ため息を吐きたいのはこちらの方だと、里志を睨みつけ、腕組みをほどいた。

「漫画喫茶で保養所の噂を耳にしたっていってたけど、あの星天井の部屋のことは、その女子高生から聞いたんじゃないの？」

里志は力なく首を垂れると、「はい」と素直に返事した。

「それでその、あなたの知り合いだという女子高生はなんていう名前？」

「宮前雫《みやまえしずく》。曽我学園二年、十七歳。でも、恋人でもないし、ましてや変な関係じゃないです。なんていっていいのか、うまくいえないんですけど。性差や年齢差を超えた、感覚の似た者同士、というか」

「単に友だちではまとめられない話？」

里志は首を傾げたまま固まる。まあいい。

「つまり澤田巡査と話が合う、趣味が合う、だけど男女の関係ではない。そういうこと？」

「はあ。ああ、まあ、そういうことです」

「いつからそういう付き合いをしているの。最初はどこで会ったの」

「え」

そういうのもいわないと駄目ですか、と暗に個人的な話だというニュアンスを向ける。

かっと頭に血が上りそうになるが、堪《こら》える。貴衣子は上着のポケットからメモ帳を取り出し、さあ順を追っていえといわんばかりに、ペンを手にして構えて見せた。もう文句はいわなかった。

澤田里志が羽鳥西署地域課に赴任したのは四月。それから三か月ほど経った、七月下旬の非番の日。

学生らは夏休みに入っていて、街中には昼間から若い子らのさんざめく声が聞こえ、溌《はつ》溂《らつ》とした姿が見られるようになった。里志がよく遊びに出かける木ノ内交番の受け持ち区域には、県中心部に繋がる電車の駅があり、周辺にはパチンコなどの風俗店や飲食店、大型スーパーが立ち並ぶ。羽鳥西では一番繁華なエリアとなっている。警察署や市役所は、その駅からバスで二停留所先になる。

当然ながらレンタルビデオ店や漫画喫茶、ネットカフェもある。

里志は、非番日や休みになればそんな駅前をひやかして過ごすことが多かった。警察学校の同期や学生時代の友人と遊びに行かないのかと訊くと、誘われれば行くが、自分から声をかけることはないという。一人で行動するのが気楽だし、自分に合っているともいった。

いつも行く漫画喫茶で、同じ漫画を読んでいる女子高生を目にした。

宮前雫は夏休みなのに制服を着ていて、足元に大きなトートバッグを置いていた。学校の教材や部活の道具には見えなかった。気にしていたせいか、向こうも里志のことに気づいてじっと見つめてくる。気味悪がられて席を移動されると思い、咄嗟《とっさ》に、その漫画を読みたいんだけど、といい訳を口にした。嫌な顔をされるかと思ったが、案外すんなりと渡してくれた。ジュースを飲みながら、その漫画の話をした。他にも好きなものが共通しているのがわかった。

「たとえば？」と貴衣子は興味を持って訊いてみる。

里志は宙を見るようにして、食べ物、ファッション、映画、そして一人でいることが苦にならないことだと答える。映画館も図書館も買い物も水族館も一人で行くし、誰かと楽しさを共有したいと思うこともない。

「何度か会っているうち、宮前雫が家に居つかないでネットカフェなどを泊まり歩いていると知りました。心配だからと遠回しに注意してみましたが、僕の意見など耳に届いていない感じでした」

「あなたが警察官だということはいったの？」

「はい。でも、悪い仲間とつるんではいないといいました。元来、一人が好きで徒党を組むタイプでもないから信じられると思います。それに僕が警官だと知ると、面白がってはくれましたが、顔色を変えたり、慌てて距離を取ることもなかったですし」

呆れる表情を抑え込み、青野の保養所のことへと話を促した。

あるとき、宮前雫がネットカフェ以外にねぐらにしている場所があるといったのだそうだ。そこでは寝ながら天井に描かれた星を見、広い庭で本も読める、別荘のようなものだと微笑《ほほえ》んだ。詳しい場所は教えてくれなかったが、普段は人がいなくて、そこの家人から好きなときに使っていいといわれているともいった。

「家の持ち主が女子高生に使わせているって？　まさか」

「はい。妙だなと思っていたところに殺人事件が起きて、その現場の保養所がもしかしたら、雫のいっていた家ではないかという気がしたので確かめたかったんです」

「それで」

「あの家が雫のいっていた家だと思いました。それで、すぐに連絡を取ろうとしました。もしかして、事件に関わっているのではと不安になったので」

「携帯番号は知っているのね。メッセージアプリも繋がっている？」

「はい。ですが、雫の住所は知りません。高校が曽我学園ということは教えてくれましたけど」

「結局、連絡が取れず、心配のあまり、捜しに行ったたって訳？」

どこへ？　と口早に訊く。

「バイクで駅まで走り、いつも行く漫画喫茶やネットカフェ、カラオケ店なんかをずっと捜し回っていました」

「それで、わたしが目を覚ます時間だからと慌てて帰って来た」

「はい」

「宮前雫の行先に他に心当たりはないの？　バイト先とか塾や学校関係者とか」

「わかりません。そういう個人的な環境についてはお互い一切話さなかったので。興味もなかったし」

「宮前雫の写真はある？」

里志はこれにも首を振った。なんでもかんでも写真に収める趣味のないことも、二人は共通項としてあるのだとか。

貴衣子は、わかった、といって本署に連絡を入れた。宇口係長に報告したあと、村松主任を呼び出してもらう。直接説明すると村松は、まいったなぁ、としみじみとした声で呟き、「じゃあ勤務明け、捜査本部に寄ってくれ」とだけいって電話を切った。

その後、村松が一人で捜一の刑事らに事情を説明し、その結果、責められることまで引き受けてくれたことに感謝しながら、貴衣子と里志は夜明けを待ったのだった。

羽鳥西署の三階講堂が、捜査本部となっている。

引き戸を開けて、宇口係長を先頭になかに足を踏み入れた。

横長の事務テーブルが講義型に並べられ、正面には大型スクリーンとホワイトボード、パソコンやコピー機はもちろん、ひと通りの備品がところ狭しと置かれている。捜査会議までまだ時間があるせいか、部屋にいる人間はまばらだった。

正面の雛壇《ひなだん》用テーブルの近くから村松が駆け寄ってきた。どうもわざわざ、と挨拶し、宇口も厄介をかけて、と言葉を濁す。村松は上背のある里志を見上げ、「詳しい話を聞かせてもらうから」と顎を振った。

「わたしも同席します」

貴衣子がいうのに、村松は黙って頷く。

目を上げると、正面のテーブルを囲んでいた本部の捜査員らが席を立ってこちらを睨みつけていた。

7

里志の聴取を担当したのは主に久保田捜査員で、加納主任は久保田の後ろで腕組みをしながら、成り行きを眺めている。

「最後に会ったのはいつだ」

疲れ果てた表情を隠しもせず、里志は「十月十九日の非番日です」と答えた。どこで、という問いには、「いつもの漫画喫茶」と短く返事し、もっと詳しくいえと久保田に怒鳴られる。子どものように首を引っ込め、慌てて場所と店の名前を告げ、携帯電話のメッセージでやり取りしたと付け足した。

「そのときどんな話をした」

「特別なことはなにも。いつも大抵、好きなアニメの話や音楽の話、ゲーセンや近くの店で新しく出た商品などの話をするので、その日も同じ話をしました。話題が尽きると、それぞれ気ままに漫画を読んだり、ネットをいじってました」

「それから？」

「カラオケに行って夜まで歌って、そのあと用事があるというので駅前で別れました」

「それから会っていない？」

「はい」

「電話も？」

首を振り、「していません」と答える。

「でも、メッセージのやり取りはしただろ」

里志はふつりと黙り込み、視線を落とす。久保田は歯嚙みしながら強い口調でいう。

「ちょっと携帯見せてもらえる？　二人のやり取り、確認したいんだけど」

貴衣子は少し離れたところから様子を窺っていたが、手持ち無沙汰らしい村松が頭を搔きながら近づいてくるのを見て、壁際へと下がった。

めったにないことだが、羽鳥西署で捜査本部が立つ場合は、剣道場でもある講堂を使用し、その隣にある畳敷きの柔道場を休憩室とする。今、里志の聴取を行っているのは休憩室だ。

剣道場との境の引き戸の側にテーブルとパイプ椅子を二組向き合うように置いて、作業台にしていた。柔道場には昨夜からの捜査の名残《なご》りらしい、寝乱れたままの布団が何組も敷かれたままになっている。

村松は貴衣子の隣に立つと、本部の捜査員に背を向けるようにして、ぼそぼそと呟くようにいう。貴衣子は後ろ手に組みながら直立し、表情を動かさずに耳だけ傾ける。

村松は、宮前雫の行方《ゆくえ》は依然として知れないと告げた。

「お宅から話を聞いて上に報告し、すぐに宮前雫を調べ始めた。小幡《おばた》三丁目の一戸建てに、両親と暮らしている。確かに曽我学園の生徒だ。二年生で十七歳。補導歴もなく、グループに所属しているという話もない。非行に走っているというほどではないが、学校は無断欠席しているし、深夜徘徊もする。たまにふらりと家に戻ってくるので、家出人として扱う訳にもいかない。いわゆるクラゲだ。なんにも考えず、フラフラあちこち漂い、楽しいことだけ追いかけて生きている」

「小幡地区を受け持っているのは緑が丘交番です。担当の交番勤務員の話は聞かれましたか」

「今日、出勤したら訊く。あと、あの保養所の持ち主である青野も呼んでいる。どうやら県外に自宅があるらしい」

事件発覚後、青野企画に連絡を取ったが、なぜか応答がなかったという。捜査員を派遣し、青野企画の代表である青野拓海《たくみ》を摑まえたのは、ようやく今朝になってからだそうだ。本人は、会社の保養所にしている家に遺体があったことに大層驚き、捜査に協力するといいながらも、仕事の都合だとか色々いい逃れ、ようやく午後にはこちらに引っ張って来られそうだという。

「主任、気になっていることがひとつあるんですが」

「ほう。浦主任もそろそろ地域からこっちに来る気になったか」

「いえ、そういう訳ではありません。今はとにかく、あの雛をなんとかまともな警官にすることが急務ですので」

ああ、と村松はこっそり振り返って、椅子に座って背を丸めている里志に目を向けた。

「なかなか厄介そうだな。俺が地域にいなくて良かった。あんなの押しつけられてたら、今ごろ手も口も出て、俺は停職処分だ」

貴衣子は思わず笑いかけたのを止める。喉の奥で咳《せき》をし、改めて訊く。

「保養所のリビングにあった機材は、なんのためだと思われます？」

重厚な雰囲気の、里志がいうところのアニメに出てくる館風をした建物であり、それに合わせたシックなリビングルームだった。家具も、高級ではないが洒落《しゃれ》たものばかりだった。そのなかにカメラやレフ板などの、撮影用機材が置かれていた。

「ああ。今、青野拓海の経歴を調べている。どうも胡散《うさん》臭い趣味がありそうだ。前科はないが、たぶん」

「たぶん？」

「違法な写真や動画を撮っていたんじゃないかな」

「本人はそれを？」

「そりゃ、否定するだろうさ。ま、午後から青野を調べるから、県警捜一の腕の見せどころさ」

「もしそうであれば宮前雫は、女優役だったんでしょうか」

「うーん、それはまだわからんな」

村松がちらりと上目遣いに貴衣子を見る。視線に気づいて、は？　と目を開いた。

「浦主任はどう思う？」

「なにがです？」

「あの、澤田って巡査、そういう手合いと付き合いそうか、もっといえば加担しそうかどうか」

「未成年の違法動画の撮影に、ですか？」

村松がゆっくり頷く。それを見て、貴衣子は口を引き結んだ。一点の曇りもなく庇いたい気持ちはあるが、まだ一緒に勤務してひと月にもならないのだ。

「澤田巡査と宮前雫の関係は一般的な男女のそれとは異にすると感じました。だからといって、共に違法なことを企《たくら》んで行う、いわゆる一味という繋がりでもないと思います。お互いのことに深入りしない、ただ楽しいことを共有する、そんな間柄だといってました。わたしには理解できませんが、本人らには至って普通のことのようです。それに」

「うん？」

「そういう割り切った関係性からいえば、宮前がアダルト動画に出ていたとしても澤田は気にしなかったのではないかと思うんです。もし知ったなら、忠告くらいはしたかもしれませんが、それ以上のことをしたかどうか」

「なんで？　自分の付き合っている女が裸の写真を撮られているのに？」

「今もいいましたように、互いの個人的なことには不干渉、つまり休みの日に会ってお喋りする以外でなにか深い付き合いをしたいという意思はないようですから。そういう意味でも仲良くアダルト動画を撮る副業をするとは思えません。そしてなにより、澤田があの保養所に入ったのは今回が初めてだと思います。そのような振りをした可能性もありますが、わたしの目にはそうは見えませんでした」

「なるほど。まあ、お宅がそういうのならそうだろう。あのヒヨコ君とは一緒に泊まる仲なんだし、俺らよりはわかってるよな」

貴衣子は思わず苦笑いする。村松だから、セクハラもモラハラも目を瞑るが、これが安西教養係長に知れたらと、余計な心配をする。

「しかし、よくわからんな。恋人でないにしても、非番や公休日にデートする仲なんだろ？　交番を放ったらかしにして捜し回るほど心配した訳じゃないか。そんな彼女は家にも帰らず、怪しい保養所で寝泊まりした上、なにかおかしなことをしていた。それを案じたり、止《や》めさせようとは思わなかったのかね」

「そういう心配とは別物ですよ。互いがどんな環境にあるとか、どんなことをしているのか興味はないけど、宮前の身を案じることはする。別の感覚ではないかと思います」

「惚《ほ》れているってことじゃないの？」

「どうでしょう。本人はあくまでも違うといっていますが」

おい、ちょっと、と声がかかった。顔を上げると、捜査一課の加納が手で招いている。

貴衣子は、はい、と返事する。歩き出そうとした背中に、村松の密《ひそ》やかな声がかかった。

「澤田にもっと訊いてみてくれよ。お宅には色々話すかもしれん」

視線だけで村松に答え、大股で加納らの側へと近づいた。


午前十時を回ったところで、あとは里志の話したことを調書にまとめるだけとなり、貴衣子だけひとまず先に捜査本部を出ることにした。そのまま帰っても良かったのだが、村松にいわれたこともあったから里志を待っていようと思った。私服に着替えたあと、地域課の待機室に入って時間を潰《つぶ》すことにする。同僚はみな交番に出向いていて、八畳ほどの部屋は空っぽだ。長テーブルとパイプ椅子が講義型に並べられていて、奥にある大きな窓から陽の光が射し込んでいた。

そこに様子を見に来た宇口係長が顔を出した。貴衣子が里志を待っているのだとわかるとすぐに顔を引っ込め、少ししてまた戻ってきた。手には、自販機のカップコーヒーが二つあった。

宇口はまず、明日の公休を変更して日勤勤務にしたことを悪いな、と手刀を切る真似をした。

「予定があったなら申し訳ない」

そのいい訳をしたかったのかと、貴衣子は遠慮なくコーヒーに口をつける。理由として、今回のことにからんでいつなんどき、里志に捜査本部から呼び出しがかかるか知れない。うっかり休みを取って、遊びに出かけるわ、連絡が取れないわとなったら失態では済まされない。そんなことなら、最初から勤務をさせて、貴衣子に番をさせるのがいいだろうと考えたというのだ。

宇口ら幹部にしても、今回の里志のしたことはそれほど気を遣うべき大層な失態なのだ。そう思えば気の毒と思わないでもないが、ただ、なんでもかんでも貴衣子に押しつけようとする思惑が見え見えで、不満そうな顔をしてみる。

「特段の予定はありませんけど、同期会に着て行く服を買いそびれます」

「あ、そうなのか。同期会っていつ？」

「来月三日です」

「そうか。悪いな。落ち着いたらいくらでも休み取っていいから」

ありがとうございます、当てにはしていませんけど、と付け足す。いつもの宇口なら軽口を返してくるところなのに、このたびは違った。

陽射しがテーブルに反射し、宇口は目を細めながらコーヒーをひと口飲んだ。ほう、と息を吐いて、寒くなってきたな、と呟く。

「浦主任は、澤田が学校でどういう学生だったか聞いたか？」と唐突に尋ねてきた。

夜中の病苦に悶《もだ》える同期を放っておいたことか、と訊く。宇口は頷くことで答えると、

浦主任には伝えておこうかと思ってな、といった。

「本当はいっちゃいかんのだろうが、これからも澤田のことでは主任に面倒かけそうな気がするからさ」

「なんですか、澤田巡査のことでなにかまだあるんですか」

「あいつ、ちょっと変わってるだろう」

頷きかけたのを途中で止める。宇口は口だけで笑い、学校からの申し送り事項として課長から聞いた話だといった。

「夜中に病気で苦しむ同期を朝まで放っていたという出来事を、担当教官は重く考えたようだ。密かに澤田を呼び出し、あれこれ言葉を尽くし、話を聞き出した」

「そうなんですか」

「うむ。もちろん、すぐに心を開くような人間じゃないから、大まかのことしかわからなかったが。その教官からうちの課長への申し送りにあった話を、俺も聞かせてもらった。だから絶対、誰にもいうなよ」

「はい」

澤田里志は、早くに父親を亡くしていた。今いるのは、母親が再婚した相手だった。里志が八歳のとき、母と共に新しい父との暮らしが始まった。その後、すぐ弟が生まれた。異父弟だ。

さもありなんだが、両親は弟をことさら可愛がった。母と新しい父とのあいだはうまくいっていて、精神的にも経済的にも母は満たされていた。そのため母の父に依存する気持ちはどんどん強まり、なんとしてもこの暮らしを守らねばと願うようになった。その気持ちが、父が自分の子どもを溺愛するように、母も弟の方を偏愛するという形になって顕《あらわ》れた。そのせいで、里志は澤田家からはじき出されるようになった。

「実の父親が死んだあと再婚するまで、澤田とお母さんは大変な苦労をしたようだ。さすがに詳しいことまではわからないが、澤田の言葉の端々にそんなことが窺えたと聞いている」

「そうですか。だから、お母さんが再婚相手との暮らしを大事にしたいと思うのはわかりますが、どうしてそれが同じ我が子を差別することに繋がるんです？」

「うーん、それはつまり、再婚した夫が澤田を我が子として受け入れられなかったということじゃないか。夫が澤田を寄せつけないから、母もそれに倣《なら》う。澤田は父親似だったらしい」

貴衣子は顔のパーツを全て寄せるようにして困惑顔を作る。子どもを持たない自分にはどうしたってわかりようのない話なのか。考えを深めることを止め、端的に訊く。

「ようは養育放棄ですか」と貴衣子が問うと、宇口は頷いたのか傾げたのかどちらともとれる首の振り方をした。

「そうともいい切れないんだ。だが、澤田は、新しい家族からはみ出した立ち位置のまま、小、中、高を生きてきた。もちろん、ちゃんと食事も服も与えられ、教育だって人並み、もしかするとそれ以上の環境のなかで過ごしてたんじゃないかな。それについてはなんらの不満も不足もないと、澤田自身がいったそうだ。だが、わかるか？　そこに家族の認証はないんだ」

「は。認証？」

「学校の教官は大学の哲学科出らしくて、やたら格好のいい言葉を、いや、まあそれはいいんだが、ようは家族の一員として認めてもらっていなかったということらしい。だから、澤田は家にいるよりも外に、ゲーセンやネットカフェやカラオケ、公園、図書館、本屋、コンビニとかいった場所で一日中、休みの日も独りで過ごすことがほとんどだった。家にはご飯を食べ、寝に帰るだけ。明日の学校の用意をするために自室があって机がある。傍《はた》から見れば贅沢《ぜいたく》な話かもしれんが、俺にはなんとも辛いことのように思える」

「よくまともに成人しましたね」

「そういう意味では強いのかもな。教官の話では、あるときを境に自分だけの世界を構築したのではないだろうかということだ。人は人、自分は自分、誰にも頼らず、誰とも親しくならず。元々、家族などいないと思えば平気だ、人との心の繋がりなど絵空事なのだと思い込めばいい、そんな風にいったらしい」

「そうなんですか」と、一応、返事はしたが貴衣子にはわからない話だった。いっている宇口もどれほど理解できているのか。ただ、肝心なことは訊かなくてはと思い、口を開けた。

「澤田里志は、そういった人格形成を経て、今警察官として職務に就いていますが、そのことに本当に問題はないとお考えですか」

宇口は苦い丸薬を舐《な》めているかのような顔をして貴衣子を見返す。

「わからんよ。第一、それを理由に罷免はできない。わかってるだろう？　澤田の過去がどんなんであれ、たとえ同期を労《いたわ》らなかったにしても、警察官の試験を通って初任科教養課程を修了した者を拒む理由はどこにもない。澤田は法もルールも破ってはいない、なにも悪いことはしていないんだ」

そう断言したあと、宇口は硬い表情を崩し、崩れるままに笑みらしきものを浮かべた。

「若い澤田はまだ成長できる。そう信じて、助《すけ》てやってくれ」

一緒に勤務するということに、そんな意味合いを持たせるなら、里志の指導係にベテランの大場主任を持ってくるのは違うかもしれない。そう考え直したのだと、宇口は本音を吐露《とろ》した。ことと心の内にある繊細なものの扱いは、場数を踏んだ熟練の警察官では却ってややこしくなる可能性があると思った。経験した数が多いほど、その経験のなかのどれかに当てはめようとする。通常の若手ならそれで問題ないだろうが、澤田の場合は逆効果のような気がした。宇口の勘のようなものらしい。

貴衣子は思った。そんな妙な仕事は真っ平だ。目を吊《つ》り上げながら抗議の声を上げたいと思ったが、結局、そうはしなかった。

なぜだかわからない。ただ、空になったコーヒーのカップを見ているうち、必死な顔で二階の部屋が星天井になっているかどうかを確かめようとした里志の姿が頭を過《よぎ》った。あれは、人との心の繋がりを絵空事だと思い込んでいる顔には見えなかった。そんな気がする。

貴衣子が小さく息を吐いたのを、宇口は了解してくれたと勘違いして満面の笑みを浮かべた。

昼に差しかかろうかというころになって、里志はようやく捜査本部から解放された。貴衣子が待っていたことに少しだけ驚いた顔を見せたが、すぐに、すみませんでしたと顎を突き出すように頭を下げた。

署の外に出ると空は晴れ渡り、深まりゆく秋の穏やかな陽射しが降り注いでいた。うーん、と伸びをし、貴衣子は後ろにいる里志に、「昼時だし、ちょっとランチに付き合ってもらえない？　事件のことで話したいこともあるし」と声をかけた。

里志は、タートルの紺のインナーに青い格子のシャツを合わせ、細身のパンツを穿《は》いている。手にはグレーのパーカーを持っていた。貴衣子と目を合わせないまま答える。

「事件のことってなんですか。ここでは駄目ですか。今、ちょっと食事とか、そんな気分になれなくて」

「疲れた？　それとも、宮前雫さんだったかしら、彼女のことが心配？」

黙っているのが返事なのだろう。貴衣子は声に緊迫感を持たせないよう、さくさくいう。

「彼女の身になにか良くないことが起きていると、そう思っているのでしょう？　だから規則を破ってまでも、夜中、駆けずり回ったのよね。わたしも、宮前雫さんは一刻も早く捜すべきだと思っている」

なにをいい出すのかというように、眉根を寄せながら目を向けた。

「このままだとわたしも気になって休めない。彼女のためにできることがあるなら、少しでもやろうとは思わない？」

「え。でもそれは今、捜査本部の人らが当たってくれていると」

里志はなぜか怯《ひる》むような素振りを見せる。

「みんな雫さんの捜索だけに集中している訳じゃないのよ。あの保養所の持ち主にも、目撃者にも当たらねばならない。なにより、まだ被害者の身元も判明していない。捜査本部はやるべきことが山積みなの」

「そうなんですか。でも」

「でも、なに？」

「明日、日勤になりましたよね。昨夜もほとんど休めなかったし、疲れないですか」

そういう里志自身が余程疲れた顔をしている。

非番の次の日は公休日で、丸一日休みとなるが、月に何度か九時五時シフトの日勤勤務になる。その日勤が、宇口の魂胆から急遽《きゅうきょ》、入れられた。

だから、当務明けの今日は体を休めるのが肝要なのだが、貴衣子は強い目で撥ねのける。自分より二十も若い人がなにをいっているという気もあったし、誰のお蔭でこれほど帰りが遅くなったのかという思いもあった。

それに里志の全身から倦怠《けんたい》感のようなものが見えて、貴衣子を労る風をして、実は自分が疲れているからなにもしたくないのかとも勘繰れる。

宇口のいった、『人は人、心の繋がりなど絵空事だと思い込んで生きてきた』という言葉が蘇《よみがえ》った。里志は勝手な行動だとわかっていながら、一人で雫を捜しに行った。少なくとも雫とのあいだに絵空事はなかったのではないか、宇口の心配は杞憂《きゆう》なのだと、ちらりと思いかけたのだが、やはり違っていたのか。

落胆しかけた思いを振り払うように首を振った。今はそんなことを考えても仕方がない。

「わたしは平気よ。駅前の交番だと眠れない当務なんてしょっちゅうだったわ」

「そうですか、あの」

「なに」

「実際問題として、僕らに今からなにができるんでしょう。勤務明けで、私服です」

「制服を脱いだら、一般人？」

「そう、なるんじゃないんですか」

なるほど、そのことがあったから貴衣子の言葉に乗り気になれなかったのか。昨夜は制服を着たお巡りさんだったからどこでも自由に捜しに行けたし、誰に尋ねようとも恐れる気持ちもなかった。

少し近づいて、里志の顔を見上げた。

「警察官は普通の仕事とは違うと、前にいったわよね。制服を脱いだら一般人となって、安全な場所から眺めていられる立場に引き下がれる訳じゃないのよ」

「それって二十四時間、警察官しろっていうことですか。でもバッジも拳銃も制服も勤務が終われば返すんですよ。一般人と同じじゃないですか」

「バッジも拳銃もない、制服も着ていないわ。でも、一般人と同じじゃない。同じにはなれないのよ、もう」

意味不明という顔をする。貴衣子は色の薄い目の奥をじっと見る。

「警察学校で学び、制服を身につけ、市井《しせい》のなかで一度でも働いた以上、もうこれまでの一般人と同じ感覚には戻れないのよ。なぜだか、うまく説明はできないわ。だけど、なにかこれまでになかったものが血のなかに混じって、それが血流にのって全身を染めた、そんな感じかな。自分は私服を着ているけれど警察官だ、スーパーでバーゲン品を漁っているが警察官だ、子どもと一緒に太鼓のゲームをしていても警察官だ、なにをしていても、どこにいても、どんな格好をしていても、自分が警察官であるという意識は消えない。消せない。バッジはポケットに入れるあの二つ折りだけじゃなく、体のどこかに刻印のように押されたものがある。澤田巡査、あなたはまだ気づいていないかもしれないけど、いつかわたしのいっていることがわかるでしょう。そうあって欲しいとも思っているし」

瞳孔が微《かす》かに広がった。貴衣子はにっと笑い、「さあ、行くわよ。奢《おご》るから」と大股で歩き出した。

濃いホットコーヒーとエビピラフを頼む。里志は、ハンバーグセットを頼み、食後にアイスティーを飲んだ。

ひと息入れて、軽く周囲を見渡し、貴衣子はまず念押しから始めた。

「雫さんが、あの保養所でなにをしていたのか、本当に知らなかったのね」

アイスティーのストローをくわえたまま、頷く。

「こんな風に連絡が取れなくなるのは初めて？」

「はい」

さすがにグラスを置いて、両手を膝の上に置く。声にも、食事の誘いを断ったときの気だるさはなかった。

「彼女、学校だけでなく、家にもあまり帰らなかったらしいけど、どうしてか訊いた?」

「家も学校もつまらないといったことはありますけど、詳しくは聞いていません」

「個人的なことには興味がない?」

「そうですね。彼女がそう思っているのなら、誰がどうこういってもしようがないことだし。それに」

「それに?」

「そういう風に生きるしか仕方のない人もいるから」

貴衣子はコーヒーカップを持ち上げる手を止め、視線だけ向けた。

里志が顔を伏せ、唇を嚙む仕草を隠したように見えた。宮前雫に自分の昔の姿を重ねて見ていたのかもしれないと思った。家にも学校にも居場所がなく、いつも独りでいた。そのうち、それが当たり前になって、独りでいることに安らぎを覚えるようになった。やがて家族や友人との繫がりを厭《いと》い、他人と必要以上に親しくすることに抵抗を覚えるまでになってしまった。

カップを口まで運ぶ。コーヒーをひと口飲んで、「可愛い子よね」といった。

えっ、と若者らしい戸惑いを見せる。里志はちょっと考えて、「そうですね、レベル3

か4」という。五段階評価かと訊けば、そうだと頷いた。

貴衣子は捜査本部で見せてもらった宮前雫の写真数葉を思い浮かべた。学校でのもの以外にも、私服姿を撮られたものもあった。あの容姿がレベル4か。

肩までの黒い真っすぐな髪。耳にピアスがあるくらいで、メイクも派手でなく、服装も気になるほどの露出はない。目が特徴的で、大きなアーモンド形の割には黒目部分が小さく、怜悧《れいり》というよりは酷薄な雰囲気を漂わせている。小さな鼻にぷっくりとした可愛い唇を持っているのに、どの写真にも笑顔がないから、目だけが際立ち余計にそう思うのかもしれない。

全身写真も見たが、ぱっと見た瞬間、平たいと思った。手足が長くほっそりとしているが、身長は一五〇センチもない。まともな食事をしていないだろうと思わせるような体形で、中学生か小学生でも通りそうだ。肉感的とは真逆なところにいる。その貧相な体つきのせいか、全身からは気だるげにすることで不安を誤魔化しているような危うさが見て取れた。

標準より上の容姿を持つ、小柄でか細い十七歳。制服を私服代わりに着ている女子高生。多くの誘惑や危険が取り巻いているだろう。そんななかをクラゲのように浮遊して、無事でいられるものなのか。そのことに対する危機感が本人だけでなく、目の前の若者にもさしてないようで、別の意味での不安が募ってくる。

「最後に会ったのは二当務前の休みの日だといったけど、本当なの？」

「え。どうして」と妙な動揺を見せる。

「え、って。違うの？」単に確認しただけなのに、逆にこちらが戸惑う。貴衣子に対して嘘《うそ》を吐くことに抵抗を覚えてくれているのなら嬉しいが。更に、会ったのね、と突っ込む。

「会ったというのではなく、見かけただけですが」

「いつ、どこで」

「一昨日《おととい》の公休日の午後です。三時ごろだったと思います。雫に予定があるから会えないといわれ、一人でカラオケに行ってたんです。そうしたら偶然、駅前で見かけて」

「十月二十三日の月曜日ね。彼女は一人だった？」

「いえ。同じくらいの女の子二人と待ち合わせしていたらしく、合流するなり路地裏の方へと歩いて行きました」

「それから？」

「いえ、それだけです。メッセージを送って、見かけたことをいおうかと思いましたけど、なんかストーカーっぽくなりそうで止めました」

「どこに行ったのかはわからないの？　思いつく場所とかもない？」

ぜんぜん、という風に首を振る。「カラオケかショップじゃないかと思いましたけど」

「でも、それまで、雫さんが他の女子と遊んでいるのを見たことなかったんでしょ。誰かと一緒に、遊びに行ったような話とか前に聞いたことあった？」

里志はまたストローをくわえて首を振る。ひと口飲んで顔を上げ、「雫は女子とつるむタイプではないと思っていましたから。なのにその子らに笑って話しかけていて、妙な気がしました」とつまらなそうにいう。宮前雫は里志と会っているとき、高校生らしい屈託ない笑顔を見せることは少なかったのではないか。だから、同じ女子高生らと笑い合っている姿に違和感を覚えた、か。

笑いを堪え、「まあ、女子同士ならそういう顔もするでしょうに」とひとまずいっておく。そういいながらもなんとなく頭の隅に引っかかりを感じた。少し詳しくそのときの状況を訊いてみる。里志は時折、思い出す風に目を宙に浮かし、ぽつぽつ喋る。出尽くしたところで、小さく欠伸《あくび》を嚙み殺した。それを見て、貴衣子は伝票を持って立ち上がる。明日は日勤勤務で、里志のいう通り、疲れを取るためにも早く帰って休んだ方がいいだろう。

「寮でゆっくり休んで。じゃ、明日」

そういってバス停前で別れた。里志は小さく頭を下げ、バスが来るのをぼうっと待ち始める。

そんな背を見送るように、貴衣子はしばらくその場に立っていた。

貴衣子の自宅である1LDKのマンションは、署からバスで駅に行き、そこから電車で十五分ほどの隣接署管内にある。

離婚後、夫名義だったマンションを出て、一人暮らし用の手ごろな部屋に移った。それからもう、十五年以上が経つ。別れた当時はまだ二十代後半だったから、いい寄ってくる相手も少なくなかった。同じ所轄の人間と付き合ったりもしたが、結局、結婚に至らず、あっという間に三十代半ばになった。その辺から、もうこのままでもいいかという諦念《ていねん》が生まれ、淡々と仕事を続けて行こうと思ったときに尊敬できる上司と出会った。

誘われるまま警備課に入り、新しい仕事に打ち込んだ。それなりの結果を出し、地域や市民に貢献したという実感を手にしたことで、若いころの熱い思いが蘇った気がした。これからの警察官人生にこそ、大きな意味があると感じた。

やがて主任となって刑事課盗犯係へ行った。だが、いい上司がいれば、そうでないのもいる。バツイチの独身が職務に熱心であろうとすることに対し、不遜なものを感じたのか、ことあるごとに時代錯誤的な扱いをされた。取り調べは男性警官でなければと、女性の被疑者でさえ貴衣子を当てることなく、一斉取締りでも後方支援として課で待機して連絡係をするようにいわれた。検挙の際に汚した同僚の背広やズボンを綺麗にしておけといわれたこともある。男と違って暴れる被疑者を取り押さえることができないのだから、それくらいはしてもいいだろうという理屈だ。

そんな程度のことで怯むほど若くも未熟でもないから適当に聞き流していたが、やはりどこかに鬱憤は溜まり続けていたのだろう、あるとき爆発した。

その上司の命令で動いた部下の男性刑事がしくじって、時間をかけて追い込んだ窃盗犯を取り逃がしてしまうという失態が起きた。だが上司はそれをさも、貴衣子の軽率さが引き金になったかのようにいい、自分のミスだけでなく部下のしくじりさえもなかったことにしようとした。そして上司が上司なら、部下も部下だった。上のお墨付きをもらったことで安心したのか、自分のことを棚に上げ、貴衣子を非難した。挙句《あげく》、やはり、女性に刑事課は無理でしょう、次の異動では男性の若い元気なのがいいですね、と酒の勢いもあってか口を滑らせた。周りにいた他の刑事や係員らはさすがに顔色を変え、聞こえぬ振りをして無視しようとした。貴衣子は様子を見つつ、その部下が馴《な》れ馴れしく肩を組み、しなだれかかってくるのを我慢した。翌日、県警本部監察室相談係へ同僚からのセクハラ行為とそれを当然のように許していた上司の態度を申し立てた。

処分は早かった。今どき、それが表沙汰になれば大問題に発展しかねない。その男性刑事がどこへ飛ばされたかは知らないし、上司もどんな処分を受けたかは聞いていない。貴衣子はそのまま異動願を出し、二十四歳で離れて以来の地域課へと戻ったのだった。

白地に赤いラインの入ったバスが来た。

本当なら里志と同じバスで駅に行くところだが、貴衣子は反対行きのバスに乗り、栗谷交番へと向かった。

なにかしようというのでもないが、本署では聞けない話も交番でなら気楽に話し合えると思っている。案の定、今夜の当務員である1係の二人が、貴衣子を見てにんまり笑い、いいお茶がありますよと仲居のように手招きをした。

8

「ファム・バー・ナム」

そう呟いたあと、すぐに見せてもらっていい？　と目を向けた。

1係の主任は二十八歳で貴衣子よりひと回り以上若いが、飄々《ひょうひょう》とした落ち着きを持った男だ。愛妻家で子どもが二人いて、今もお腹《なか》に一人いるらしい。奥の休憩室に入れてもらい、差し出してきたパソコンを受け取る。礼をいいながらじっと画面を見つめた。

被害者の身元が判明したのだ。さすが県警本部の捜査一課だと思う一方で、栗谷交番の受け持ち管内に居住する人間と知って臍《ほぞ》をかむ。

例のアジアンアパートと呼ばれる部屋のひとつに暮らしていた。ファム・バー・ナム、二十七歳。男性。ベトナム人。身長一八四センチ。目の色はブラウン。二年二か月前、技能実習生として来日。

貴衣子は加納主任にいったことを思い返すが、念入りに見てもやはり見覚えがない顔だと思った。

1係の主任の相方である若い巡査が巡回連絡カードを出してきて、去年の夏に貴衣子がアパートに巡連をかけているが、ファム・バー・ナムは留守で面会できずとなっているとと教えてくれた。それ以外の居住者には全員会ってますよという。主任がすかさず、さすがですねと笑むが、今は嫌味にしか聞こえない。貴衣子が、ほんの僅かの期間でも警備課にいたことは皆が知っている。外国人にまつわる事案は、およそ警備課案件だ。

「捜一はもうあのアパートに入ったでしょうね」

「恐らく。他の住人にも事情聴取かけているでしょうけど、大したことは聞けてないんじゃないですか。昼間はみんないないでしょうし」

貴衣子も頷く。

あのアパートに住んでいる外国人は、去年、訪問した段階でも、ほとんどが留学生、技能実習生だった。あとは特定活動の介護職に就いている者、海外支社からの出向者が短期で出入りしたくらいだった。だから昼間は学校か職場だし、夜はアルバイトする者が多かったから日勤勤務ではまず会えなかった。貴衣子は当務の夜に訪ねるか、土日を狙って集中的に巡連をかけたのだ。

ただ、それでもどうしても会えないのがいた。居留守かもしれないという疑いもあって、念のためにと本署警備課には一報している。その人物が、ファム某という名だったことを今さらながら思い出し、なぜあのときにもっと執拗《しつよう》に追わなかったのかと詮無《せんな》い悔しさが湧いて唇が歪む。主任が笑いながらいう。

「浦主任、そんな怖《こわ》い顔しないでくださいよ。うちの相方が自分が責められているんじゃないかとビビってますよ。思うに、交番員の誰かが仮にファムに会えていたとしても、犯罪の端緒《たんちょ》を得るのは無理だったでしょう。この男の在留カードにはどこも怪しい点はなかったようですから」

「そうなの？　カードに変偽造なし？」

主任が頷き、「疑う点がなければ、室内の捜索は難しいですし」とマウスを動かしながら呟く。確かにそうだ。

外国人による犯罪としては、不法就労やオーバーステイを別にすれば、窃盗、薬物、密輸などがあるが、そのどれも室内の捜索をしなくては犯罪の証拠は得られない。

「捜一がなにを見つけてくるかだわね」

「そうですね。それによって、殺害動機も明らかになるでしょう。ところで」と二十八歳の主任が、椅子の上でお尻をもぞもぞさせる。

「澤田っていいましたか、2係の新人さん。この件になにか関係しているとか？　小耳に挟みました」

貴衣子はまた顔を歪める。「ごめん、口止めされてる」

主任は素直に、了解、といって片手を挙げた。そのとき、交番の表口から声がかかった。

「はい、どうしました」巡査が応答する。

主任も立ち上がり、休憩室から出て様子を見に行く。貴衣子は扉の陰で、じっと身を潜めていた。

「わたしども、宮前と申します。娘の雫のことで今、羽鳥西警察から呼び出されて伺った帰りなんですが」

雫の名前を耳にして思わず立ち上がり、半開きの扉から覗いてみた。四十代くらいの夫婦が、私服姿の貴衣子が奥にいるのを知って、訝《いぶか》しむ表情を浮かべた。慌てて口早に説明する。

「すみません、わたしもここの交番員なんです。当務明けでこんな格好してますが、昨夜の事件の初動に当たった者です」

男性の方が、ああそうですか、とほっとしたような返事をした。妻らしき女性は、疲れた表情のまま、瞬きだけを繰り返す。

夫婦は捜査本部に呼び出され、雫のことをあれこれ訊かれたが、行方がわからないといわれた。娘が出入りしていた山中の保養所で男の遺体が発見されたと聞かされ、驚かない親はいない。すぐにでも捜しに行きたいが、いざとなるとどこを捜せばいいのか皆目見当がつかない。

事件が起きたのに、女子高校生一人見つけられない警察にも腹が立つが、その娘のことを訊かれて満足な答えひとつできない自分達も面目なく、情けない。途方に暮れたまま警察署を出たが、家に帰ったところでなにをしていいかわからないし、待っているだけなのも辛い。父親の方は警察から呼び出しがあった時点で会社を休んでいる。とぼとぼ歩いているうち、事件を見つけたのが交番のお巡りさんだったと聞かされたことを思い出し、深く考えもせずやって来たといった。

貴衣子は話を聞いてみたいと思った。捜査本部が浚《さら》うようにして聴取した筈だから、今さら話をしたところで差し障りはないだろう。両親にしてみれば同じ話になっても、今度は刑事相手じゃないから愚痴をいえるかもという心安さがある。1係の二人も聞きたがったが、交番の仕事もあるし、警らにも行かなくてはいけない。私服姿の四十代の男女が交番でひそひそ話をすると目立つから、近くの喫茶店へと移動することにした。

席に落ち着き、熱いコーヒーを頼む。同時に口をつけ、三人が似たような息を吐いた。

まず、母親である宮前慶子《けいこ》が、ぐずぐずと泣きながら訴える。

「あの子がどうしてあんな風になったのか、ちっともわからないんです。わたし達、よそさまと比べても特に厳しくしたりとか、細かい決め事をしたとか、過大に期待をかけたとか、そんなことしたつもりは微塵もないんです。どちらかといえば、好きなことを選ばせ、本人も納得の上でしていたと思うんですよ。でも今となれば、そんな勝手をさせていたのが良くなかったのか、もっと厳しく躾《しつけ》て、うるさく口を挟んでいれば良かったのか。もうなにがなんだかわからなくて」

「宮前さん、落ち着いてください」

慶子はハンカチを取り出し、目に強く押し当て上半身で頷く。

「今は、雫さんの身の安全を確かめることが先決です」

父親の章一《しょういち》が、もちろんです、と返事した。「雫が危険なのでしょうか。刑事さんらは雫を疑っているような感じでした。あの子の指紋が保養所中、そこかしこから出たそうで、まるであの子が男を殺して逃げているみたいないい方に、腹立たしいやら情けないやら。一体、死んだ男というのはなんなんですか。外国人らしいじゃないですか」

何者だということではなく、存在自体、訳がわからないといいたげだ。身元が判明したことはいえないので、スルーして別のことを訊く。

「雫さんは、人とのお付き合いが苦手な方のように感じましたけど、子どものころからそんなでした？」

章一が口を開くより前に、慶子が顔を振り上げ、目を開く。

「あの子はとても繊細で、人の気持ちを気にし過ぎる質《たち》なのだと思います。小学校の高学年くらいから中学校にかけて、ちょっと苛《いじ》めみたいなのがありました。わたしどもは先生方に協力していただいて、なんとか収めたつもりだったんですが」

「隠れて続いていました？」

「いいえ」と首を振る。「仲良くしてくれる子もできたようでした。でも、なんていうんでしょうか、あの子は気にするんです。自分と仲良くすれば、その友だちも悪く思われるんじゃないかと。そのせいで、付き合いが素っ気なくなったり、親がいうのも変ですが、あの子の容姿もちょっと冷たく見えるようで、それで段々、友だちも離れて行って。あの子自身がそう仕向けているようなところがありました」

「独りでいることが楽になったんでしょうね」

慶子は何度も首を揺らした。そして疲れたように背もたれに体を沈めると、ぽつりと呟いた。

「あの子はなにも考えていない訳じゃないんです。考え過ぎて疲れてしまうんです」

思い悩むことに疲れ過ぎて、なにもかもが面倒臭くなって、クラゲのように漂う世界を選んだのか。二十三歳の若者の顔を思い浮かべながら、ふとそんな風に思った。

コーヒーが冷たくなるまで話し、両親の目が乾いたのを待って席を立った。少しは気持ちが落ち着いたように見える。章一が、「家に戻って娘の手がかりになるようなものを探してみます」といった。

別れ際、保養所のトイレで見つけたポーチのことを訊いた。捜査本部でも訊かれたらしいが、雫のものかどうかはわからないと答えた。そして更に、妊娠や堕胎《だたい》の経験はあるのかとも訊かれたそうだが、章一が吐き捨てるように、自分の娘にどうやって調べたらいいんでしょうね、といった。

バスに乗り、駅まで行く。

午後の三時ともなると空《す》いていて車体の揺れが心地いい。一瞬で眠りに落ちたが、すぐに終点といわれる。

時計を見て、次の電車の時間を考え、そして駅前のロータリーから周囲を見回した。タクシーが客待ちの列をなし、各方面行きのバスが集結する向こうに、多くのビルや店舗が立ち並ぶ。

明るい色の看板が建物から突き出て重なって見える。カラオケ店やネットカフェの文字をそのなかに見て、歩き出した。

コンビニの隣に大きなゲームセンターがある。

学校が終わったかどうかの微妙な時間帯だが、既に中・高生らしい男女が暗がりのなかで蠢《うごめ》いていた。耳に突き刺さる音響のなか、違和感丸出しで見て回る。形としては、塾をサボった娘か息子を捜しにきた母親の体だ。

曽我学園の制服を何人か見つけた。そのなかで、二年生くらいで、素直で正直そうな子を物色するが見つかる筈もない。親世代だからか、近づいただけでも警戒の目を向けてくる。親よりも教師と思われているのかもしれない。貴衣子の顔を見て、すいと姿を消す者もいた。

諦めて反対側のビルの二階にあるネットカフェを覗く。なかに入って、カウンターの店員に利用方法などを聞き、ちらちらと部屋の設えや防犯カメラの数などを確認する。恐らく、カメラの映像などは捜査本部が確かめているだろう。そこに里志が映り込んでいるかと思うと、暑くもないのに汗が出る。

今はまだ、宮前雫を知る人間という程度で済んでいるだろうが、いつ共犯者、教唆《きょうさ》した者として捜一からマークされるかしれない。警察官という立場上、極端に強引な調べ方はされないだろうが、一刻も早く里志が潔白である証《あかし》は見つけた方がいい。それはまた、貴衣子自身が密かに抱く里志への疑いを払拭させるという点でも大事なことなのだ。

仲間だから、警官だからと一も二もなく信じ合える時代ではない。その一方で、信じられなくてはなにも遂行できない職務でもあるのだ。

店員からリーフレットをもらっていると、曽我学園の制服が目の端に現れた。丈を短くしたスカートを穿き、肩からトートバッグを下げて、たった今個室から出てきたという感じだ。探るような視線を向けたせいか、怯えた表情を浮かべた。普通の中年女性にはない険しさが出ているのかもしれない。どこかの学校の生活指導担当か、署の少年係と思われたか。女子高生は、貴衣子が出入り口側にいるせいで、どうしようか迷っている風だった。

そこに近くの個室から若い男の顔が伸び出て、どうしたと訊いている。貴衣子に気づいた男はすぐに引っ込み、簡易ドアが閉まった。取り残された感じの女子高生は、バッグの紐を手で押さえながら、こちらに向かって足早に来る。やり過ごしたあと、貴衣子は女子高生を追った。

通りに出て首を振ると、駅の方へ駆けてゆく姿が見えた。一歩踏み出したところに、いきなり後ろから肩を強く摑まれた。咄嗟に身を屈め、かかった手首を摑んだまま捻《ひね》って反転しようとしたら、ストップと声がかかった。

睨みつけると、知った顔だった。貴衣子はすぐに握った手を離す。

本物の羽鳥西署生活安全課少年係の主任だ。隣に立つのは、同じく刑事課の組対・薬対係の巡査ではなかったか。

「確か、地域の主任さんですよね」と手首をさすりながら、苦笑いを向けてくる。

「はい。2係の浦貴衣子です」

「休み？」

「いえ。非番です」

「ということは、もしかして昨日のあれを見つけた栗谷交番の人？」

仕方なく頷く。小言をいわれるのを覚悟した。案の定、大きなため息のあと、「こんなとこでなにしてんですか。今の子、知ってるの？」と低い声で訊いてきた。首を振ると、ちょっとこっちへと隣のビルのガラス扉を開けて、人気のないロビーに連れて行かれる。

勤務時間外の地域課の係員が、この辺でウロウロされては困る、という。同じ巡査部長なのでさすがに頭ごなしということはないが、精一杯迷惑そうな顔をした。隣に立つ刑事課の巡査が、取りなすつもりなのか、こんなことをしている場合ではないと少年係に囁《ささや》く。

二人の組み合わせからすると、未成年にからんだ薬物犯罪の線を調べているのだろう。それが殺人事件や宮前雫に繋がる線でもあると捜査本部は考えているのか。

「今、お宅が出てきたネカフェを張ってんだ」と少年係の主任がいい、高校生相手のドラッグの取引場所のひとつとしてマークされていることを知った。貴衣子はすぐに、さきほどの女子高生と個室から顔を出した男のことを告げた。訊かれたので男の容貌をできるだけ詳しく話す。薬対係の巡査が大きく頷き、薬の前科のある男に違いないと主任に告げ、二人は慌てて外へと飛び出て行った。

貴衣子は、自分の軽率さが二人の捜査員の苦労を台無しにしないことを祈る。そして、ファム・バー・ナムが薬物に関連していると捜査本部が考えているとすれば、あのアパートからそれを示唆《しさ》するものが出てきたということだろうかと考える。

ビルのガラス戸を押し開け、曽我学園の制服姿が走り去った通りを見やった。まさか宮前雫もあそこで薬を手に入れていたのか。里志も、雫と一緒によくあのネットカフェに行くといっていた。そのとき、ふいにあの保養所を捜索したときの光景が目の奥を過った。

二階のトイレに置かれていた黒い花模様のポーチ。なかにはピルケースがあり、白い錠剤が入っていた。てっきり避妊薬かと思ったが、あれはもしかしてドラッグではないか。

差し出したポーチを、里志はまるで恐れるように慌てて目を背けた。羞恥によるものかと思ったが、あのポーチに見覚えがあったとしたら？ そしてなかにある白い錠剤の意味に思い当たるものがあったとしたら。そう考え出すと、今にも両足が地面にめり込みそうなほど重く、不安と混乱が押さえつけてくる。

ともかく捜査本部は、宮前雫を捜すのに少年係と薬対係を組ませて町に放っている。里志はそのことを知っているのだろうか。迷うより早く体が動いた。ロータリーを駆け抜け、駅の改札へ走り込む。電車の時間を見ながら、羽鳥西署に一番近い警察寮の場所を携帯電話で検索すると、すぐに出た。アクセスまで載っていて、その通りに乗り継いで行く。電話で済ませず、前もって連絡することなく呼び出して問い詰めようと思った。ほんの少しの動揺も躊躇《ためら》いも見過ごしたくないから。

息を切らして短い坂を上り切ったところに古い三階建ての簡素な建物があった。

伸び放題の雑草がはびこる前庭に、自転車やバイクが並び、通りに面した窓には洗濯物が揺れている、まるで大学の寮を思わせる風情だ。男性寮で、独身だけでなく単身赴任者もいる。夕飯だけが賄われ、廊下や風呂など共有部分は交代で掃除する。門限も特になく、管理する人間もいないから、ある程度は自由にできるが、寮は寮だ。

扉を開け、誰かいないか大声で呼ばわる。どこかの部屋から返事があり、長い時間を置いて、休みらしい青年が寝間着代わりのようなボロボロのTシャツ姿で階段を下りてきた。羽鳥西署の女性主任と知って、慌てて髪などを撫でつける。

「は。えっと、澤田ですか。あー。澤田里志ですね、え、いや」と妙な顔をした。そして、主任は地域の同係なんですよね、と尋ねたあと、僅かに思案するような顔になって、恐る恐るのように告げた。

「澤田は、十日ほど前、退寮しましたけど。荷物を運んで出て行くところに出くわしたんで声をかけたら、狭いが安くて良さそうなのが見つかったからっていってましたが。本署に届けていないんですか?」

「少なくともわたしは聞いてないわ」

貴衣子の尖った返事に、寮生は自分のことでもないのに頭を下げる。すぐに寮を出て、里志に電話をした。一分近く呼び出し音を聞き続け、ようやく繋がる。

有無をいわせず、今すぐ出てこいと怒鳴った。

貴衣子にも宇口にも報告することなく、勝手に警察寮を退寮し、アパートに移り住んだということは案外な問題だ。

本人にしてみればいい物件が見つかり、家賃の支払いに支障なければ出て行くのは当たり前と思ったのだろうが、警察が管理する物件で、それなりの恩恵を与えられて住んでいた場所なのだ。出て行くのなら管理者や勤務先に連絡するのが常識ではないか。そう説明すると、そうでしたか、と大して悪びれる様子も見せなかった。さすがに貴衣子の頭に血が上った。

「前にもいったけど、制服を脱いだら私人という訳ではないのよ。警察官であるあなたがどこに住んでいるのか、そこはどういう場所なのか、上司は知っておかなくてはならない。それは緊急時にどれほどの早さで対応できるのか、どうすれば参集できるのか、そういうことに平時から備えているからよ。我々が休みでも、警察は動いているし、いつなにが起きるかわからない。警察は、常にそういう緊急性を孕《はら》んでいる。普通の仕事とは違う」

ひと通りの説教をしたあと、本題に入った。

話が話なので、カフェやファミレスという訳にはいかなかった。里志から近くに神社があると聞いて、その境内まで歩いた。地元に古くからある小さなもので、人の姿もなく関係者の気配もなかった。誰かが近づけば玉砂利の音ですぐにわかると思い、本殿の階段に腰を下ろした。それでも一応、声は潜める。

宮前雫は薬物に関与しているのか。そう思ったことはなかったか。あのネットカフェで雫が若い男と会っているのを見たことはなかったか、そんな話を聞いたことはなかったか。恐らく、いずれ捜査本部からそういった聴取を受けることになるだろうからとも付け足した。

里志は目を見開き、白い顔を紅潮させた。忙しなく瞬いたあと、軽く目を瞑る。

「隠していることがあるならいいなさい。いずれわかることよ」

そうして一旦口を閉じ、里志を睨みながら待つ。一分ほど経っただろうか、ようやく貴衣子の目を見つめ返してきた。

「雫があの保養所でなにをしていたのか僕は知りませんでした」

過去形になっているのに気づいたが黙っている。里志は胸を上下させ、でも今回の事件が起きて気になり始めた、と告げる。

そこで、以前に見かけた、雫と待ち合わせていた二人の女子高生を捜そうと思ったといった。他に手がかりらしいものはなにひとつなかったからだ。

「女子高生の顔を覚えていたの？　喫茶店ではそんな風にはいってなかったようだけど」

「顔までは覚えていませんでした。ただ、一人の子の鞄《かばん》に手作りらしいストラップがあったんです。マイナーなアニメキャラクターだったんで、それが目印になるかもと考えました」

貴衣子がむっとするのを見て、慌てて付け足す。「主任と別れてから思い出したことです」

取りあえず信じることにして、話の先を促した。

里志は貴衣子と別れたあとバスで駅前に着くと、貴衣子がしたようにゲーセンやネットカフェ、カラオケ店などあちこち歩いて回ったのだ。結局、見つけられずに今度は曽我学園の近くまで行くことにした。雫と待ち合わせた子たちが同じ曽我学園の制服を着ていたのは間違いなかったし、下校途中に会えないかと考えた。しばらく見ているうち、それらしい女子高生を見かけた。すぐにあとを追った。

「話できたの？　よく逃げられなかったわね」

「いえ、逃げられました。追いかけながら、宮前雫を捜している、彼女が今危険なのだといって、ようやく足を止めてもらいました」

胸のなかで舌打ちする。貴衣子も大概出しゃばった真似をしたが、里志までこんな風に捜査本部をないがしろにする行為をして、ただで済むとは思えない。頭を抱えたかったが、まずは話を聞く。

「その女子高生がいうには、雫は同じ学校の女子に声をかけて、動画出演のバイトをしないか勧誘をしていたそうです。しかも動画っていうのが、その、いわゆる」と顔を歪める。

「アダルト動画ね。つまり、宮前雫さんは、青野企画に同じ学校の女子生徒を斡旋《あっせん》していたってこと？」

「はい。そういうことになるかと思います」

話を聞いて貴衣子は唖然とする。雫が動画に出ていた訳ではなかった。確かに、あの小さく薄い体では大した役はもらえなかったかもしれない。児童ポルノの愛好者なら需要はあったかもしれないが、年配向けなら肉感的な方が売れるだろう。だからといって仲介側に回るとは。

ネットやSNSで募集すると足がつく可能性があるから、青野企画は雫を使って直に集めさせていたのだ。同じ女子高生の雫からの誘いなら、そういういかがわしい商売に付き物のリスクへの警戒心も薄れたかもしれない。

「だから、青野は宮前雫にあの保養所を好きに使わせていたのね。あそこは青野企画の保養所で、ある意味、雫は社員になる」

冗談とも嫌味ともいえない言葉を吐いたが、里志は頬をいっそう赤くさせただけだった。

「その女子高生がしたのは、アダルト動画の出演だけ？」

「え」と正真正銘の怪訝《けげん》そうな顔を見せた。売春や薬物は臭わせなかったということだろう。だが、捜査本部はそちらにも目を配っている。二階の部屋や主寝室の様子からして、そういう疑いも起きそうなのに、里志は思いつかないようだった。その素直さに免じて、売春云々《うんぬん》はいわないことにする。

9

十月二十六日、木曜日。今日は日勤勤務となる。

交番勤務における日勤は九時から五時までとなるが、朝の八時半に行われる本署の全体朝礼には出なければならない。現在、講堂には捜査本部が置かれているから、署の駐車場を臨時の朝礼場所とする。

安西芙美教養係長が昨日発生の事案や事故概要などを説明したのち、署長の訓示がなされる。当然ながら、久しぶりに開かれた捜査本部での案件が目立った話題になる。

解散の号令のあと庁舎内へ戻りかけると、安西係長が走り寄ってきた。

「どうしたのよ、浦主任」

「はい？　なにがですか」

「聞いたわよ。刑事のお株を奪ってるらしいって」

舌打ちしたくなるのを堪える。昨日のことが、もう耳に入っているのか。いや、安西の耳だから入ってきたのだろう。諦めて頭を下げた。

いいの、いいの、と団扇《うちわ》で扇《あお》ぐように手を振る。

「刑事も地域も交通もないわ。警察官なんだから、事件を解決するために働くのは当然よ。おかしな縄張り意識や立場を気にして手遅れになることを一番に恐れなくちゃならない。そこんとこがイマイチわかってない連中がいるから困るのよ。だから、あなたみたいなのが係長になって」と、またいつもの話になりそうなので、後ろに控えている澤田へと視線を運んだ。すぐに安西が気づき、ああ、あなたね、という顔をした。

「わたしは教養係だから関知しないことだけど、勝手に住所変更した件では庶務係長に面倒をかけたんだから、配置に就く前に、一度、頭下げときなさいよ」といった。活動帽を取って頭を下げる里志に目もくれず、ところで、と声を潜めてきた。駐車場に人がいなくなったのを確認して、一歩、貴衣子に近づく。

「なにか困ったことがあったらいいなさい」

「はい？」

「地域じゃ、入る情報もしれてるでしょ。動くにしたって捜査本部がなにを掴んだか知っておかないと」

「え、いや。係長、わたしはなにも捜査しようという訳ではないんです。ただ、この澤田巡査のことがあるので、つい」

「いいって、いいって」

教養係長の所属する警務課は、署長室のすぐ横に島がある。警務課長は署長、副署長を補佐する役目でもあるから、常に情報を共有する。捜査本部の副本部長という立場になった署長から、随時、捜査状況が警務課長の耳に入ってくる。それは当然ながら部下である安西教養係長の知るところでもある訳だ。

「どうやら、青野企画、だっけ？　あそこに捜査が入るみたいよ」といきなり本題を口にする。

「不法な動画ですか」

「そう。あの山のなかの保養所で、女子高生らを募ってエッチな動画を撮って、ネットにアップしていたみたい。本部のサイバー対策課から、裏サイトにおける当該映像が特定されたって昨夜連絡があったらしいわ」

「そうでしたか」

係長と話しながら、視線をそっと里志に注ぐ。向き合っている安西はそんな貴衣子に気づきながら、知らない振りで話を続ける。

「女子高生にしてみれば割のいいアルバイトだったらしいわね。今、出ていた子を捜して、被害届を出させようとしているらしいけど、どうだか。お金をもらって納得ずくなら、これも商売だわよね」

「係長、動画以外になにか出そうな感じはないでしょうか」

情報などいらないといっておきながら、ここまで聞いたら訊かない訳にはいかない。

「以外って、つまり売春とかドラッグとか？」

貴衣子は黙って頷く。後ろで里志が身じろぐ気配がした。安西は首を振り、「まだそこまではわからないわ」といった。

そうですか、ありがとうございました、といって挙手の敬礼をし、安西の側を離れた。

地域課に戻り、宇口係長の小言を里志ともども聞いたのち、装備の携行を始める。また同じ係の主任が拳銃を確認しながら声をかけてきた。

「ひったくり犯の上に殺人だからなぁ。当分、休みは潰れるんじゃないか」

「そうですね。日勤では、できることはしれてるでしょうけど」

「いいんだよ。交番にお巡りさんがたくさんいるって見せとくだけで、俺らの仕事は半分終わったようなもんだ」

「ですね」

それじゃまた、と片手を振って別れる。日勤は五時までの勤務だから、次に顔を合わせるのは夕方になる。

バイクを駆って、里志と共に栗谷交番に入る。

昨日の午後、話をした1係の当務員の二人が赤い目をして迎えてくれた。帰る仕度をしながら、引き継ぎ事項を手短に伝えてくる。

そのなかのひとつに、アジアンアパートの捜索があった。

捜査本部では、ファム・バー・ナムの部屋を捜索し、鑑識も入ったらしいが、殺害現場ではなかったという。

「自分の部屋でもなく、あの保養所でもないとなると」

「一体、どこで殺害されたのか」と二十八歳の子煩悩《こぼんのう》な巡査部長は腕を組む。

「他の部屋も調べたのでしょうね」

「それを夜中にやったんですよ」と相方の巡査が赤い目をこすりながらいう。

やはり、他の居住者は夜にならなくては戻らなかったのだ。帰って来たのを順々に事情聴取し、任意で部屋のなかも調べさせてもらった。それを行うあいだ、1係の二人はずっと現場で立哨させられたのだ。

「見ていた感じでは、どの部屋からも痕跡は見つからなかったようですよ。聞き込みに刑事らがウロウロしてくれたお蔭で、ひったくり犯はなりを潜めてしまったみたいですけどね」

「いいのか、悪いのか」

「全くです。出てこなければ捕まえられないし」

巡査が欠伸を嚙み殺すのを見て、「それじゃ」「お疲れ」と言葉を交わす。

里志も二人を挙手して見送り、すぐに机についてパソコンを開けた。あと少ししたら、帰署した二人と入れ替わりに、今夜の当務員である3係がやって来る。そうなれば、普段二人勤務の栗谷交番も実働四人態勢となる。狭いスペースだから、大概はどちらかが外に出ることになる。先に念押ししておこう。

「澤田巡査、当務員が来たら、わたし達は巡回連絡に出ることにする」

「え。あ、はい。どちら方面ですか」

必要書類を準備しようと席を立つ。

「アジアンアパート」

巡回連絡カードの入った棚の前で里志は振り返る。「でも、昨夜、捜査本部が聞き込みをかけたんですよね。僕らが行っても」

「無駄になる?」

「……」

「わたし達の仕事は巡回連絡よ。捜査のための事情聴取をする訳じゃない」

「わかりました」

里志は素直に従う。

本来ならすぐにでも、昨日里志から聞いた女子高生の話を捜査本部に上げるべきなのだが、貴衣子は少しだけ猶予をもらおうと考えた。

どうしても一度、あのアジアンアパートを自分の目で確かめたかったからだ。里志が手に入れた情報を上げれば、しばらく本部から離してはもらえない。まずは、一旦、交番勤務に就いて巡回連絡をしたのち、またぞろ村松主任にでもすがろうかと考えていた。

バイクの音が近づいてきた。当務の二人がやって来たのだ。


昔からあるタイプのアパートだ。

築年数も古い。二階建てで上下三部屋ずつ。去年、ちらりとなかを見せてもらい、ユニットバス付き、四畳半と三畳の二部屋と簡易キッチンのみの、シンプルな間取りであることを確認している。

一階の道路に近い方から一〇一、一〇二、一〇三号室。一〇一の真上が二〇一で、二〇二、二〇三と続く。外階段は道路側の端にひとつあるだけ。部屋は全て塞《ふさ》がっている訳ではなく、実働は下が二部屋、二階が一部屋のみ。空いているにも拘《かか》わらず、一部屋に多人数で住むのは、それだけ一人分の家賃が安く済むからだ。もちろん、昨年の巡回連絡以後、変動があったかもしれない。

巡回連絡カードでは、一階道路側に近い一〇一号室に三人の外国人が居住し、ひとつ空き部屋を挟んで奥の端にある一〇三号室がファムが一人で借りていた部屋だ。

一〇一号室のドアを叩き、声をかけた。昼前なので留守の可能性が高いが、留学生なら授業次第でいる場合もある。時間が空いていても、お金に余裕がなければ遊びに出かけることはない。

だが、応答はなかった。そのまま、二階に上がって部屋を確認する。階段寄りの二部屋はガス止めの札がかかっていて、利用されていないのがわかる。最奥の二〇三号室には居住者がいるのだが、やはり留守だった。

階段を下りてファムの部屋の周囲を窺う。刑事らによって隅々まで確認されたから、今さらなかに入っても見つけられるものはないだろう。通路側に窓があり、格子がはまっている。キッチンらしくすりガラスの向こうに洗剤らしい影が見えた。ドアは鉄製で、新聞などの差し入れ口が下側についている。指で押し開け目を近づけると、部屋の一部が覗けた。内側に受け口の覆いがあるタイプではない。ファムはそのまま直に郵便物が落ちるのを嫌ったのか、外に郵便受けを設置していた。鉄製の四角いもので簡単には開かないようきちんとフックもついている。開けてなかを見ようかと手を伸ばしかけると、里志が声をかけてきた。顔を振り向けると、道路の方を見ている。

こちらに向いたまま足を止めている一人の男性の姿があった。


「一〇一号室のナディート・プムラックさん、タイ人ね」

色黒で目鼻が大きく、口角が上がっているせいかどこか剽軽《ひょうきん》さを漂わせている若者だった。巡回連絡カードにも記載がある。去年の夏よりは、日本語が上手になっている気がする。

「今日は、授業はないの?」

「イイエ、あります。今日は、ゴゴからだから、ご飯食べたら行きます」とコンビニのらしいレジ袋を持ち上げた。

ファムの件を口にすると、大きな目が揺らぎ、緊張したように唇を舐める。既に、捜査員から色々訊かれ、部屋まで見分されたのだ。アルバイトを終えて疲れて戻ってきたところを騒ぎに巻き込まれ、恐らく妙な疑いの目まで向けられただろう。繰り返したい話題ではない。

貴衣子は、自分が栗谷交番員で、去年したのと同じ巡回に来ているのだと告げる。ナディートはそのことを覚えていたらしく、ああ、と目を細めた。カードには、タイに両親と妹二人が暮らしているとある。元気なのかと尋ねると、ようやく笑みを広げ、妹の一人が自分と同じように留学したいといっているといった。

「ファム・バー・ナムさんにも家族がいたのかしら。ああ、あなたはタイだから、ベトナム人のファムさんとは話せなかったか」

ナディートは首を傾げ、ここでは互いにカタコトの日本語で話すといった。そして二階に同じベトナム人がいるので、その人とは母国語で話しているのを見たことがあるともいった。

「あら、二〇三号室にベトナムの人が新しく入ったの？　去年まではインドネシアの人が二人だったわ。留学生かしら」

「イイエ、ギノーの方」

「ああ、技能実習生。それじゃあ、ファムさんと同じね、きっと共通の話題もあったでしょう」

困ったように小さく首を振る。日本人相手のように、思わせぶりに黙って待っているだけでは答えてはくれないから、なんでもはっきり問う。

「二人は仲が良くなかったの？」

ナディートは肩をすくめ、小さく首を振った。

「あの人、誰とも、ハナサ、ハナシタガ、ラナイ」

ファム・バー・ナムは、部屋を一人で使っていた。実習生だから収入がある。余裕があるのだろうとみな思っていたが、仕事から戻ると大概部屋に籠《こも》り、他の住人と顔を合わすことはほとんどなかったようだ。留学生の若者からすれば少し年長で、口数少なく根暗な雰囲気は近寄りがたかったらしい。つまり、ここでは人付き合いは良くなかったのだ。

同じ母国から来た技能実習生が、アパートに入って間もなく、挨拶しに行くとまるで汚い物でも見るように追い払われ気を悪くしたらしいと、同部屋の人から伝え聞いてもいた。

「そう。人嫌いなのかしらね」

「ウン、ウン。人も動物もキライネ」

「動物？」

あ、という顔をする。子どものように舌を出すから、ははん、とわざと睨みつける。

「隣の公園に野良猫が集まるって聞いてるけど。あなた達、餌でもやってるの？」

うぅん、とわざとらしく首を振る。

「ほどほどにしなさい。大体、大事なアルバイト代を餌代に使っていたらしようがないでしょう」

「スミマセン」

そして最後に、決まりごとだからと在留カードを見せてもらう。去年確認した時点で、在留期間は三年となっていたから問題はない筈だった。カードを預かり、そのまま横に立つ里志に渡す。

「確認するポイントはここと、ここと」と指で示す。運転免許証のようなカードで、顔写真があって氏名、生年月日、国籍以外にも細かな記載がある。このカードだけでおよそのことがわかるようになっている。

在留資格がなんであるか、留学なのか技能実習なのか。在留期間がいつまでで期限が切れていないか。それで不法滞在やオーバーステイを確認する。また、就労制限の有無まであり、就労不可とあれば日本でお金を稼ぐ仕事はできない。但し、本来、就労を禁じられている留学生でも、資格外活動許可書の交付を受ければ、週二十八時間を超えないなどの制限付きでアルバイトができる。それらは裏面に記載されている。また、運転免許証と同じく、住所を変更すれば、新しい住所を記載した上で市区長印が押される。

「小さく振ってみて」

「はい」

ああ、と里志が納得する声を出す。

偽造防止のためのホログラムや透かしがそこかしこに埋め込まれている。動かすことで、赤が緑に変わったり、文字の色が反転したり、写真などはホログラムが3D的に変動する箇所がある。

これらを確認することで、偽変造カードを見分ける。

「この番号は?」

「在留カード番号よ。これも失効している場合があるから確認すべきなのだけど、出入国在留管理庁のWEBサイトで照会しないとわからない」

「モバイルがいりますね」

「そう。携帯電話でも構わないけど。彼は去年調べているから問題ない。新しく入居した人の分は、たぶん、捜一がもうやっているわね」

ナディートが不安そうな目を向けているのに気づき、貴衣子は、「嫌な思いをさせてごめんなさい。ただ、人が一人殺害されたことは重大なことなのよ。あなた達の協力を得て、少しでも早く犯人を見つけたいと思っている」とカードを返した。

ナディートは小さく頷く。

「それじゃ、ご飯、ゆっくり食べて。猫にあげちゃ駄目よ」

「ダイジョウブ。猫はキャットフードです」

やれやれと思いながら、バイクの方へと戻る。

一人しか会えなかったが、それでも充分だと思った。案じたほどの動揺はないようだし、ファムがなにかを密かに行っていたとしても、そのことに加担しているような気配も感じられない。勘にも至らない単なる想像に過ぎないが、それでも去年、巡回連絡をかけて一人一人相対して、警備課に報告を上げるような人物はいなかった筈だと、そう確信した貴衣子なりの自負がある。そんなことのためにわざわざ来たのかといわれるかもしれないが、自分の仕事に対して責任を持ち、自信を抱くためには、振り返って疑い、確かめることも必要だ。

ヘルメットを被り、バイクをアパート前から道路へと押し出す。目を上げると隣にある小さな公園に動くものが見えた。公園というほど立派なものではない。遊具らしいものはなくて、簡素な石のベンチがひとつだけ。周囲をアカシアの木や雪柳の植え込みが取り囲む。大きな木の根元で茶色や白い猫がウロウロしていた。近づくと慌てて草むらへと逃げ込んだ。猫が消えた跡を見ると、地面に発泡スチロールのトレーが置いてあり、小さな花の形や星形をした三色のキャットフードが散らばっていた。

10

村松宗司主任刑事は、途方に暮れたような顔をしていた。

貴衣子も頭を下げるのが精一杯で、まともに目を合わせられない。捜査一課の刑事らに囲まれるようにして、貴衣子と里志は二階刑事課横にある取調室へと連れて行かれた。

最初、別々に聴取されたが、双方の内容に齟齬《そご》がなかったことから、やがて捜査本部のある三階へと移された。再び、休憩室となっている柔道場で昨日と同じ面子が顔を揃《そろ》える。

今度はさすがに県警本部捜査一課主任の加納が向き合う形で席に着いた。テーブルの脇では久保田捜査員が、瞬きもせずに里志を睨みつけている。そんな四人の後ろで村松が、頭の上に両手を組んだまま乗せて、どうしようもないという体で立っていた。

事件の捜査を主導している加納主任がいう。

「お宅らが勝手なことをしたことはひとまず、さておく。お咎めは事件が終わってからの話だ。まずは、真相の解明、犯人逮捕だ」

言わずもがなのことだが、貴衣子は神妙に頷く。

「話をまとめるとこうなる。澤田巡査は、三日前の十月二十三日、午後三時ごろ、自身の知人である宮前雫が駅前で同じ曽我学園の女子高生二人と待ち合わせし、一緒にどこかへ行くのを見かけた。事件発覚後、その現場である青野企画の保養所が、以前より宮前の話に出ていた家であったことから、宮前がなんらかの形で関与しているのではと気になり、彼女の行方を追う手がかりを求めて、駅前で見かけた女子高生らを捜そうと思った。それが昨日のことだ」

そこで一度、加納は息を吐き、貴衣子を見、俯く里志を見て、再び口を開く。

「そして目出度《めでた》く、その女子高生の一人を見つけ出した。しかも話を聞くことにも成功した。その彼女の話によれば、あの山中の保養所では青野らによって、怪しげな動画撮影が行われていた。しかも、澤田巡査の知人である宮前雫は、青野に協力する形で、動画に出演する女子高生を探して声をかけ、送り込むということまで引き受けていた」

だが、その女子高生は、肝心の宮前雫の行方は知らないといったそうだな、と加納は里志へと視線を振る。

「その女子高生の名前は？」

里志は椅子に腰かけたまま、顔を俯け、両手を股《もも》のあいだに垂らしたまま微動だにしない。

貴衣子が隣から、澤田巡査、と声をかける。はっと体を起こし、里志は力なく首を振った。

「すみません、名前までは聞いていません。でも、顔は覚えています」

「は？　名前を聞いていないぃ？　なんだぁ、それ。お前、それでも警察官か」

久保田が堪《たま》らず声を荒らげるのを、加納は手を挙げて止める。

「わかった。それじゃ、今から一緒に曽我学園に行ってもらう。とにかく、その女子高生を確保しよう。それで、青野を締め上げることができる」

加納が立ち上がり、貴衣子を見下ろす。

「浦主任、でしたか。お宅は、例のアジアンアパートで聴き取った内容をあちらで報告書にまとめてもらったら、その後は仕事に戻っていただいて構いません。今日は、日勤でしたか」

「はい」

「では、また交番に戻られますか」

「たぶん、そうなるかと思います」

「澤田巡査は、日勤終了までにお戻しできるかわかりません。係長にそう伝えておいてください」

「わかりました。お世話をかけます」

立ち上がって室内の敬礼をし、加納と久保田に挟まれて柔道場を出て行く里志を見送った。戸が閉まるのを待っていたかのように、村松が低い笑い声を放った。驚いて振り返ると、悪戯《いたずら》っぽい目をしてにやついている。

「ご苦労さん。浦主任、大したお手柄だよ」

「は。なにがですか。叱られたばっかりですよ」

「まあまあ。そんなことより、主任とあの茫洋としたヒヨコのお蔭で事件捜査は多少とも進展したんだ」

それは裏を返せば、捜査が行き詰まっていたということになる。村松は、アパート住人についての報告書作成は、隣の捜査本部でやろうと、後ろ手にしたまま歩き出す。いいんですか、と問うと、「俺もなんか手柄を立てたくなったんでね」と意味深長な言葉を吐いた。

捜査本部は閑散としていた。捜査員のほとんどは、聞き込みや裏どりに走り回っているし、加納らは里志を連れて曽我学園に向かった。幹部は捜査会議まで用がないから雛壇も空っぽだ。

その幹部席近くのテーブルで村松がやろうという。自然、ホワイトボードやビデオを映す画面やパソコンが目に入る。村松の意図を汲《く》み取って、椅子に座ると目を凝らした。

時系列に事件の経過が記されている。

死亡推定時刻があった。十月二十三日、月曜日の夜十一時から翌二十四日午前二時のあいだ。死因は後頭部右上を硬いもので強打されたことによる脳挫傷。

つまり、貴衣子らが当務に就く前日の真夜中にファム・バー・ナムは殺害され、あの青野企画の保養所に運ばれた。

二十四日、午後三時過ぎに、貴衣子が郵便配達員から山中の保養所の様子がおかしいとの通報を受ける。配達員の名前が国井葉介《くにいようすけ》であるというのを初めて知った。向こうも貴衣子の名前は知らないだろう。しょっちゅう顔を合わせていても、所詮、そんなものだ。葉介の簡単な調書も見せてもらう。

郵便物を届けに行ったが、インターホンに応答がなく、仕方なく戻ろうとしたところ、玄関横の窓が開いているのに気づいた。誰かいるのかと何度か声を出して呼んでみたけれど返事がなく、諦めて帰ることにした。ただ、元々留守がちの保養所であることは知っていたし、それだけに余計戸締りはなされているものと思っているから、窓が開いていたことには違和感を覚えた。もっとも、ふとそう思った程度のことで、すぐに仕事に戻った。

そして交番近くまで来たとき、顔見知りの女のお巡りさんとたまたま目が合ったことから軽い気持ちで教えた、とそういう趣旨のものだった。

「配達員があそこに行ったのは間違いない。山に入る手前の市道にカメラがあって、行きも帰りもちゃんと映っていた。ただ、肝心の保養所とその周辺には防犯カメラはないんだよな」

「ええ」もっと強く、防犯対策を勧めておけば良かったといいかけたが、青野にそのつもりは皆無だっただろう。

村松も頷き、「そりゃ、そうだ。女子高生のアダルト動画を撮ろうってヤツが、どんな人間が出入りしているのか、あとになって証拠になるようなもの残しておく訳がない」といった。

一番近いカメラは保養所から坂道を下りてすぐの市道にあるものだ。死亡推定時刻以降、発見までの映像を確認したが、市道から坂道の方へ入って行く者は、郵便配達員と貴衣子ら以外なにも映っていなかった。

「宮前雫も映ってない」

貴衣子は頷く。山中とはいえ、市道から少し上がった程度の距離だ。なにも車が通る道を辿らなくても、歩いて行けるルートがたくさんある。樹々のあいだを縫って、坂道をちょっと上れば、保養所の裏側やフェンスの近くまで行ける。宮前雫も歩いて行くことが多かったのではないか。

「今、範囲を広げて周辺にある防犯カメラを順次洗っている」

歩いて行ったにしても、どこかで映っている可能性はある。村松は大して期待していないようだが。

次に、被害者であるファム・バー・ナムについての記載が箇条書きに記されている。

思った以上にファムに関する個人情報が少ない。在留カードと日本サイドで技能実習生を受け入れる監理団体が把握している程度のものではないか。

ファムは約二年前にベトナムから羽鳥西署管内にある段ボール製造工場へ技能実習生としてやって来た。

日本語は母国で学んできているから、多少は話せた。研修生として実技を学んだあと、週に五日、朝八時から夕方五時まで製造の手伝いとして働いていた。給与は十三万円と少しで、保険料や税金を引かれて手取りが十一万円ほど。家賃は会社から補助が出るし、生活を切り詰めれば手元に、月によるが五万円くらいは残る。そこに残業代が加われば、月六、七万円は預貯金に回せる。留学生にしても技能実習生にしても、少しでも収入を増やしたいため、毎日でも残業を厭わないと聞く。

今は、一年目の技能習得期間に当たる技能1号に、実習という形の就労となる技能2号、

3号期間を加えれば五年は在留することができるから、単純計算で三百万円前後のお金が貯まるということだ。そのお金を持って母国に戻れば、二階建ての新築の家が建てられ、ちょっとした商売をするだけの資金にもなる。

技能実習生となって日本に来ることはベトナムの、特に農村地域の人々にとっては大きな希望なのだ。そのせいで今や人気が高まって、実習生に選抜してもらうのもかなりの競争率らしい。ただ、勉強ができて働く意欲があるだけではいけない。日本へ渡るためには、受け入れ会社とのマッチングをする仲介会社に仲介料、手続き等諸費用としてかなり高額なお金を支払わねばならない。事前に必要な教育を受けねばならないから、そういう機関にも費用がかかる。当然、そんな大金は工面できないから、借金をすることになる。実習生が稼ぐお金からその借金分がまず引かれる。それでも、母国では二十年以上かかってやっと稼げるかどうかの金額を、わずか五年程度で作れるのだから、外国人労働者は増える一方だ。

ファムもそんな一人だったのだろう。それは日本にいる実習生みなに共通することで、特にファムだけの話ではない。ファム個人について、たとえばベトナムでどんな暮らしをしていたのか、家族はいるのか、ベトナムのどんな仲介業者を使ってきたのか、その際、どれほどの費用を払ったのか、そんなことはひとつも書かれていなかった。

村松が、そんな貴衣子の考えを読み取ったようにいう。

「被害者についての情報がまだこっちに来ていない。恐らく、警備が独自で動いているんだろう」

外国人が巻き込まれた犯罪となれば、どうしても警備部が動くことになる。特に、今回は殺人事件だから、県警本部警備部外事課が走り回っているだろう。そして、ファムは技能実習生であったから、更にいえば外務省、法務省も情報収集に躍起となっている筈だ。殺害されたことも問題だが、なぜ殺害されたか、それが省庁としては見過ごせない事柄となる。万が一、受け入れ会社による悪質な労働条件にからんだ話となるとややこしいことになる。

「浦主任、そっち方面のツテからなんか情報もらえんかな」

貴衣子は村松へと視線を下ろす。そういうことか。村松の気持ちに応えたいが、小さく肩を落とす。

「わたしが警備課にいたのは、もう十年近く前のことですから。だいたいの知り合いは異動してますね」

「そうか。無理か」

「技能実習生が殺害された訳ですから、色んなところから色んな思惑が出て、通常の刑事捜査はやりにくいでしょうね」

「そうなんだよな。捜査が思うように進まないのはそういう弊害もあるからでさ。加納主任なんかは苦労人で肝の据わったところがあるから、堪えてなんとか打開の道を見つけようとしているけど、あの久保田や若い連中は血気盛んなのはいいが、無駄撃ちばっかよ」

「未成年の薬物関係も当たっているみたいですけど」

「ああ。それも見込み捜査。無駄撃ちのひとつよ」

「じゃあ、これといった証拠が出てきた訳じゃないんですね」

「そ。ファムの家には錠剤どころか小麦粉すらなかった。だけど、捜一は外国人と見れば薬だと思ってっから」

「それで、村松主任は今なにを調べているんですか」

「俺は、ファムの日本に来てからの交友関係を当たっている。だが、会社関係を別にすれば、今んとこなんにも出てこないんだよな」

「休みの日とかはなにをしていたんでしょう」

「食料の買い出しやちょっとした買い物くらいはしただろうが、どっかに遊びに出かけたって話は聞かない。車はもちろんバイクも自転車も持ってなかった。携帯電話は見つからなかったから、最初から持っていなかったのか、誰かに持ち去られたのか、それもわからん。だいたい外国人であれ、日本人であれ、ファムが誰かと立ち話していたという噂すら出てこないんだから、部屋でなにをして過ごしていたのか。本やパソコンのたぐいもないから、日がな一日テレビやDVDでも見ていたか」

貴衣子は、青野企画の保養所で見たファムの姿を思い出していた。近くの商店街にある店のシャツを着ていた。買い物のついでに買ったのだろう。店のオリジナルで、柄やデザインがちょっと洒落ていて若い人にも好まれているが、量販店ではないので値段はそれなりにするのではないか。

「村松主任」と貴衣子が声をかけると、うん？　と充血した目を向けた。睡眠らしい睡眠がとれていない顔だ。

「ファムの家のなかはどんな様子でしたか」

「うむ」と腕を組んだあと立ち上がり、何気ない素振りで別のテーブルに行き、書類を手にして戻ってきた。家宅捜索した際の写真や図面などだ。講堂の隅で話し込んでいる捜一の捜査員の背を窺いながら、貴衣子はさっと捲っていく。

ナディートの部屋と同じ間取りだが、一人で暮らしている割には雑然としている。洋服類こそ綺麗に色や形別にハンガーラックにかけてあるが、四畳半にある座卓の周辺や押入れのなか、三畳間の方の床にも色々散らばっている。雑誌やお弁当の空箱、タオル、靴下、下着類、ハサミやペン、白く散って見えるのは紙の切れ端だろうか。

「整理整頓が好きではなかったみたいですね。残業ばっかりしていてそんな暇がなかったのかしら」

「いや、ファムはあんまり残業はしてなかったみたいだな」

「えっ？　本当ですか」

「ああ。近所に聞き込みをかけたとき、ファムはいつもアパートの誰よりも早く戻っていたって話があったんで、会社に出向いた際、出勤簿を見せてもらった。ほとんど定時に帰っている」

「段ボール工場では残業仕事がなかったんでしょうか」

「そんなことはないだろう」

「だったら、妙ですね」

「ああ、加納主任もそういっていた。普通、実習生は少しでも金を稼ぎたいから、残業を喜んで引き受けるらしいな。むしろ、残業のない仕事は嫌がるとか。俺はその辺のことは詳しくないんだが、そういう実習生の気持ちにつけこんで、ブラックなことをさせる企業があるんだろう」

「ええ。そのせいで、失踪する実習生もあとを絶たないみたいですね」

「全く、欲がからむと人間ってのはどこまでも卑しくなれるもんだな」

貴衣子はゆっくり瞬きをし、そして写真を手に取った。この辺、空いてますね、と訊いた。四畳半の壁際に小さなテレビがある。その横、少しだけあいだを開けて洋服を吊ったハンガーラックが置かれている。

村松の赤い目が強く見返す。

「お宅も気になるか」

黙っていると、村松は貴衣子からその写真を取り上げ、気にしたのは俺と加納さんだけだったが、とちょっとつまらなそうにいった。

「なんでこのあいだが空いてるのか。初めっから空いていたにしては、妙な間だよな」

幅五〇センチほどの空間。これくらいなら、ハンガーラックを詰めればいいのだ。ラックは伸縮できるもので、まだ伸ばせるだけの余裕があった。壁にはラックに入り切れなかったジャンパーが吊るされている。

「なんだと思う？」

貴衣子は首を振りながら、「わかりません」と答える。それから、ナディートと交わした話を報告書にまとめるのに集中し、終わってから席を立った。終業の五時まで時間があるから交番に戻ることになる。

村松が、「頼むよ、浦主任。なんか思いついたら教えてくれよ。こっそり、俺にだけな」と片目を瞑《つむ》って見送ってくれた。

11

栗谷交番に戻って、3係の当務員に挨拶をする。

やはり澤田巡査のことが噂になっているようで、恐る恐るという風ながらも、どうなんだと声をかけてくる。貴衣子は疎《うと》む素振りを見せないように、ちょっとした行き違いだと思う、とだけ答える。それでも、なにか問題を起こしたという話になるには充分だ。

明日には地域課三つの係全て、いや羽鳥西の署員全員が里志のことを噂の種にするだろう。たとえ清廉潔白の身になっても、なんらかの処分は免れない。それはペアを組む貴衣子にも関わる。いや、今はそんなことより、里志の身の証を立てるためにもなにか情報を得なくては。なにより交番勤務員としての任務をきちんと遂行しなくてはならない。

よし、と胸のなかで気合を入れ、背筋を伸ばす。

当務の二人は、ひったくり犯のための夜間警らまで交番から出る気はない様子だ。それならと貴衣子は、町内を巡回してくるといってヘルメットを抱えた。3係の主任がちょっと面倒臭そうな顔をしながらも、「浦主任、一人じゃなんだから、うちの相方連れて行けば？」と一応、声をかけてくれる。

「いえ、くるっと回って来るだけですから、大丈夫です。無理はしませんし、なにかあれば連絡します。ありがとうございます」と、ニコッと笑って交番を出た。

バイクのエンジンを掛け、左右を確認して道路に出る。

頭のなかで、捜査本部のホワイトボードにあった食品工場の住所を復唱する。ファムの経歴のあとに、アパートの住人全員の簡単な個人情報が書き込まれていた。

二〇三号室に新しく入った、ファムと同じベトナム人実習生は、まだ貴衣子が会ったことのない人物だった。工場のある場所は緑が丘交番の受け持ちだった。緑が丘の区域内には、曽我学園も宮前雫の自宅も入っているから、恐らく、捜査員も少なからずいるだろう。彼らに見つからないようにと思いつつも、スーパーカブに制服姿だから隠れようもないのだがと自分で自分を笑う。

食品工場は大きく、住宅街から外れた場所にあった。入り口に門扉はあるが開け放っている。入ってすぐのところに守衛室があり、なかから様子を窺う目がいくつもあった。

バイクに乗ったまま声をかけ、なかに入れてもらう。駐車場に停め、ヘルメットを活動帽に替えて玄関のガラス扉を押し開けた。受付の女性に、ベトナム人の実習生の名前をいって呼んでもらえないかと頼む。少ししてロビーに、刈り上げた黒髪に穏やかな目をした二十代前半くらいの青年が、白い上下のユニフォームに長靴姿で現れた。手には白い帽子とマスクを握っている。

「仕事中、申し訳ありません。わたしは栗谷交番の警察官で、浦貴衣子といいます」

日本へ技能実習に来るには、最低レベルの日本語習得が義務づけられている。そうとわかっていてもレベルは様々だから、念のため、簡単な日本語でゆっくりと話す。

「ソーン・パイ・ホクさんですね」

「……ハイ」

去年の冬に来日したのなら、まだ技能を習得している最中かもしれない。あまり長い時間をとってはソーンの立場が悪くなる。戸惑った様子が見て取れるが詳しい説明もせず、単刀直入に訊く。

「アパートに同じベトナム人の、ファム・バー・ナムさんがいましたね。そのことで少し訊きたいことがあります」

ファムが殺害されたことは知っているから、その名を聞いただけで怯えた表情を浮かべた。申し訳ないと思いながらも、更に問う。

「あなた、前にファムさんの部屋を訪ねましたよね。そのとき、なにか酷《ひど》いいい方をされて追い払われたと聞きました。そうですか？」

ソーンは、その言葉に深読みしたのか、狼狽した顔で後ずさりを始めた。貴衣子は慌てて、大丈夫、ファムさんのことを知りたいだけですから、と必死で宥める。そして、どんな会話をしたのか、どうして嫌な思いをしたのかを訊いた。

時間を取った割には、大した内容ではなかった。喋り方がたどたどしい上に、真面目な性格なのか、正しい日本語をきちんと話そうといい直すから、余計に時間がかかった。

ソーンの話はこうだ。ファムが同じベトナム人実習生だと聞いて友だちになれるのではと、アパートを決めるなりすぐに声をかけた。部屋をシェアしているのは、インドネシア人が二人なので、どうしても自分は仲間に入り辛《づら》い。そのせいもあって勇んで部屋を訪れたのだが、いきなり罵《ののし》る言葉をかけられ、追い返された。仕事が終わってからだから夜ではあったが、それでもまだ寝るような時間でもなかったのに、なにがそんなに気に入らなかったのか、不思議に思った、ということらしい。

「そのあとは？　それから、声をかけたりはしなかった？」

ソーンは肩を落とすと、大きな目で貴衣子を見つめ返した。しばらくしてから、ファムの方から声をかけてきたという。

仕事にも慣れ、残業もするようになって疲れて帰ることが多くなった。真夜中に近い時刻、ファムが自分の部屋の前でなにかしているところに出くわした。ソーンが階段のところから様子を窺っていると手招きされた。ソーンは恐る恐る近づいた。ファムは作業が終わったのか、部屋の前の段差に腰を下ろし、煙草を吸い始めた。近くまで来ると、郵便受けに大きなポイントの文字で、『さわるな。けいさつよぶ』とひらがなで打ち出された紙が貼られているのが見えた。

こんばんは、と一応、挨拶した。するとファムはソーンの顔をしばらく見上げたあと、驚いたことに仕事はどうだと訊いてきたという。

「それで？」

ソーンはちょっと口を閉じ、黒い目できょろきょろと辺りを見回した。それを見て、やはり会社で聞いたのはまずかったかと貴衣子は遅まきながら唇を嚙む。日勤が終わってから、アパートで待って聞けば良かったのかもしれないが、そうなれば私服だし、逆に怪しんでなにも答えてくれないだろうと考えたのだ。あまり無理強いしてもいけないかと思いかけたとき、ソーンが小さな声で呟いた。

「会社、ちょっとキツイと、いいました」

うん、と誰にもいわない、という風に頷いて見せる。

「そしたら、ファム、無理、思ったらコイ、イイました」

「こい？」

うん、と頷く。「ナントカしてやってもイイ、イイました」

「なんとかって？」

それはワカリマセンと、首を振った。そしてすぐに、「でも、僕は、ファムみたいなヒト、タヨ、タリしません」

「頼ったりしない？」どうして、と訊くとファムは乱暴なところがあるという。

いつだったか、側の公園で猫を蹴飛ばすところを見かけた。そして更に、猫を庇おうとした背の曲がったお年寄りを追い払うような酷いことまでした。僕が見ていると気づいてすぐ止めましたけど、とベトナム人にも色々いるからと弁明するように付け足す。その表情のなかに嫌悪に混じって羞恥があるのを見て取り、本当に真面目なんだなと感心する。

ふとロビーの奥にある階段の上に人の影が差したのに気づいた。そして下りてこようとするスーツ姿が見えて、貴衣子は素早く、「ありがとう。もう仕事に戻って。邪魔して、ごめんね」と、戻れという風に強く腕を押した。ソーンは、小さく頭を下げると帽子を被り、マスクをして奥の廊下を駆けて行った。

その後ろ姿を少し見つめたあと、スーツ姿の男二人が、貴衣子の方へと会釈しながらやって来た。

「なにか？」

短くひと言だけ発して、貴衣子をねめつける。口元に愛想笑いがあからさまに浮かぶ。

「いえ、彼のアパートで起きた殺人事件のことで。どんな様子かと見に寄っただけなんです」

「様子？」

「亡くなったのが同じ国の人でしたから、気持ちに動揺でもあるのじゃないかと。外国人は同国の人同士の繋がりが固いといいますから。もし、親しくしていたのなら相当ショックを受けているでしょうし。どうですか、元気がないとか、体調を崩しているようなことはないですか」

二人の男性は互いに視線を交わし、揃ってまた疑わしそうな目を貴衣子に注ぐ。そんなことはないようです、とだけいう。貴衣子は、それなら安心しました、と笑顔を広げて敬礼をし、帰りますといった。男の一人が低い声で問う。

「それだけですか。彼はなにか他のことはいってませんでしたか」

「他のこととは？」

もう一人が慌てて取り繕《つくろ》うようにいう。

「彼はまだ日本に来て日が浅いので、なにかと不自由しているのではないかと我々も気を遣っているものですから」

「そうですか。いえ、亡くなった人の話しかしていません」

実際、その通りなのだけど、と貴衣子は二人の男に背を向け、バイクに向かって歩きながら考える。ソーンは仕事ではなく、会社がキツイといった。日本語が不慣れなのでたまたまそういっただけかもしれないが、貴衣子がやって来たことを知って、どこかにいた実習生担当者が慌てて駆けつけたことが気になる。

技能実習においては、受け入れ会社が契約と違う仕事をさせたり、待遇や賃金において不当な扱いをしたりなど、企業側に問題がある場合もある。それが実習生失踪へと繋がる現実があった。この食品工場がそうだと断定することはできないが、それでも一抹の不安が貴衣子の胸に落ちた。今度は、当務のときにでもアパートにソーンを訪ねてみようと考える。

そして、肝心な話で気になった言葉があった。

『無理だと思ったらこい。なんとかしてやる』

ファムは、同国人であるソーンにそういったという。どういう意味だろう。おかしな話だ。人付き合いが悪く、同じベトナム人であるソーンに対しても追い払うような真似をしておきながら、まるでそんなことを忘れたかのようないい草ではないか。どんな気まぐれがファムの身に起きたのか。

第一、口の利き方が尊大だ。なにか特別な力があって、それをひけらかすようなニュアンスがある。同じベトナム人でも自分は違うのだ、ソーンや他の実習生のように汗水垂らして夜遅くまで働くような真似はしなくてもいいのだと、そう見せつけている気もする。残業をしなかったということと考え合わせると、なにか仕事以外のアルバイトでもしていたのではないか。そちらの実入りが余程いいということだろうか。

しかも自分の姿を見られないよう極力アパートの部屋から出ず、他人と接触することを避ける暮らしをしていた。外国人労働者がひと目を避けてするバイトで収入がいいものとなると、不穏な臭いしかしない。

そんなファムは、弱いもの苛めも平気でした。ひょっとすると、ファムは心を病んでいたのではないだろうか。いっていることとしていることがちぐはぐな気がする。病気でなければ薬の可能性もある。そのときどきで、感情のふれ幅が変わり、態度が一変するのは、薬を摂取しているときとしていないときの違いではないか。実習生が慣れない異国での暮らしに体を壊したり、鬱《うつ》になったりする話は聞く。その果てに薬やドラッグに手を出すこともある話だった。

あのアパートでなにが起きていたのだろう。そんな疑問とも憂慮ともいえない気の塞ぐような思いを抱え、貴衣子はヘルメットを被った。バイクにまたがり、食品工場をあとにした。

交番の近くまできて信号に引っかかった。横断歩道を渡って、商店街へと入って行く女性や高齢者の姿を見るともなしに見る。そろそろ夕飯の買い物の時間だ。

仕事や昼食で何度も行き交った商店街だから、だいたいの店の場所も置いている商品もわかっている。ファムのことを考えていたせいか、そのなかの一軒の店が自然と頭に浮かんだ。ファムの部屋にあった唯一、きちんとしていたハンガーラック。あれだけ服を揃えるのにどれほどのお金を払ったのだろう。

貴衣子は信号が変わりそうになる直前、右のウィンカーを出して、商店街へと向かった。

夕方の五時少し前、日勤勤務を終えて本署に戻ると、里志が地域課の部屋の隅で待っていた。

宇口は貴衣子の顔を見ると、里志を親指で指しながら、なんとか捜査本部から解放された、現時点では逮捕に至らず、と冗談めかしていった。周囲には、普段くだらない話で盛り上がる係長や地域課長がいたが、誰一人笑わなかった。貴衣子は形ばかりに口角を上げたあと、里志を促して部屋を出る。そして廊下に誰もいないのを見て、話を聞いた。

曽我学園の女子高生をなんとか見つけることができ、捜一の手によって確保された。未成年相手なので、保護者などへの連絡に手間取り、少し前に聴取が始まったらしい。そんな状況なら、今は村松も忙しいだろうと、階段から講堂の気配を窺って、また里志へ目を向けた。

酷く疲れた顔をしている。県警本部の捜査一課に締め上げられたのだから当然だろう。ただ、疲れているのは貴衣子も同じで、本当ならこのまま真っすぐ家に帰りたかったが、声をかけても一拍置いてからでしか答えられない里志の様子が気になり、服を着替えたら署の裏門で待つようにいう。いい返す気力もないようで、里志はうな垂れるように頷いて、更衣室へと向かった。

貴衣子が着替えて外に出ると、里志は裏の駐車場にある植え込みに座ってぼんやり地面を見ていた。六時にもならないが、外はすっかり夜だ。

とにかく、なにか食べようと誘う。ひと月程度の勤務だが、里志の嗜好《しこう》はそれなりに把握できたと思っている。大食ではないが、食べることは好きなのだ。特に仕事のあとに親子丼と熱い蕎麦《そば》を食べるのが好みらしい。

バスに乗って駅前に行く。木ノ内交番の同僚から、受け持ちである駅周辺でおいしい蕎麦屋を訊いてそこを目指した。

路地裏の小さな古びた店で、他に客は誰もおらず、厨房《ちゅうぼう》には禿頭《とくとう》の店主が一人で湯気に巻かれていた。里志も入ったことがないらしく、店の雰囲気からこれは同僚の味覚は当てにできないなと思いかけたが意外にも、おいしかった。食べ始めた里志の顔色もどんどん明るくなってゆく。その様子にほっとしながら、貴衣子も蕎麦を啜《すす》った。

他に客がいなかったこともあり、ヘタに喫茶店に行くよりはと食べ終わるとそのまま熱いお茶を頼んで、里志の愚痴を聞いた。

捜一の、特にあの久保田捜査員には不快な思いをさせられたという。上司であれば、パワハラだと思うが、同じ階級だとどうなのだろうと、すっかり疲労が消えたかのような強気な発言をし始める。

貴衣子は苦笑いしながら、今日、自分が日勤のあいだにしたことを話して聞かせる。ソーンとのことを聞き終わると、里志の目に緊張が浮かび上がった。

「それって、ブラック企業っていうことですか」

「まだ、わからないわ。こういうことは慎重にしないと。いよいよとなれば、上と相談する。ただ、今はわたしが軽率なことをしたせいで、ソーンさんに迷惑がかからなければいいと、それだけが気がかりなのよ」

ちょっと先走ったかもしれない、と貴衣子が後悔の言葉を吐くと、呼応したかのように向かいの席から、「そうですか」と珍しくしょげた声が出た。あとになにか続くかと待っていたが、なにもいわない。

貴衣子がこうして動き回っていたのが里志の身を案じてのことだと、少しでもわかってくれているのだろうか。ペアを組む交番勤務員として、相方が妙な疑惑を持たれているとわかっていて知らん顔はできない。当たり前のことだが、その当たり前を感じてくれていればいいけれど。そう思いながら湯飲みを両手でくるむ。

温《ぬる》くなるのを待って、飲み干した。ふいに向かいからなにか発せられたようだが良く聞こえず、問い返した。里志がテーブルに落としていた視線を上げる。

「ソーンさんというのは何歳ですか」

「え。ああ、確か、今年、二十一歳」

「僕は、その年齢のとき、大学生でした。授業は真面目に受けていましたけど、サークルに入る訳でもなく、友人らと遊びに行くこともなく、バイトをしながら淡々と毎日を送っていました」

「そう」

「そんな毎日が、つまらないと思うことはありましたけど、どうかしたい訳でもなかったし、だいたい人とどう関われればいいのかわからなかったし」

「どう関わればいいのかわからない？」

首を垂らすように頷く。

「話をしても、なにかを約束しても、どうせこいつは僕のことなど、どうでもいいと思っているんだと、ついそんな風に考えてしまうんです」

「自分のことを大事にしてもらえないと？」

「さあ。たぶん、明日、僕が消えても誰もなにも思わない、そんな関係性しかないと思い込んでいました」

「社会は人の繋がりで成り立っていると思うけど」

「そう、なんでしょうか」

「ではなぜ警察官を選んだの。人と関わることになるとは思わなかった？」

人と接したくないのなら、コンピュータを使って一人でする仕事が今はいくらでもある。ある程度以上の才能や商才はいるだろうけど。

「関わるといっても、所詮、表面的なものじゃないですか。事件とか事故とかの関係者として会うとか、道を訊かれたから答えるとか、それ以上の関係性はないじゃないですか。長く付き合う相手じゃないし、二度と会うことのない人がほとんどだろうし」

なるほど。会社に勤めれば、多かれ少なかれ同僚・上司とは関わる。これはどんな職種でも逃れようがない。警察だってそうだ。今年の春、里志のために開いた歓迎会を突然欠席したのも、その辺に理由があるのかと今になって思い至る。勤務時間中なら話もするが、終わったあとまで付き合いたくないということだ。

その上、一般企業だと顧客や取引先、下請けなど頻繁に顔を合わさねばならない相手が出てくる。打ち合わせしたり折衝したり、プレゼンに挨拶回り、挙句に接待や懇親会だ。日本だとそういう場でも、義理や情などが介入する。それなら、せめてそんな対外的な関係だけでも少ない仕事をしたい。そういう思惑があったのかと貴衣子は胸のなかで合点する。バッジが格好良かったからという志望動機よりは納得できる。認めることはできないけれど。

「宮前雫さんのことは？」

「え」

「彼女とも、そういう表面的な付き合いだったの？　それなのになぜ、捜し回っているの。あなたは、仕事が終わったあと彼女の手がかりを求めて、女子高生を追いかける真似までした。そのとき、どんな気持ちがあったの？」

「それは」

絶句するように口を開けたまま固まる。自分でもわからないらしい。他人の貴衣子にはもっとわからないことだから、自分で考えてもらうしかない。

　こんばんは、と声をかけながら常連らしい客が戸を開けた。店の時計を見て、そろそろ帰ろうと促す。

「ところで、明日の勤務のことで、宇口係長からなにかいわれた？」

「いえ、別に」

　なら、通常通り働けということだ。明日は、当務だ。

　貴衣子が代金を支払い、店を出た。秋も深まり、そろそろ冬の気配が忍び寄る。お腹がくちくなった熱量で温まった体も、駅に近づくころにはすっかり冷え込んだ。乾いた足音が遠くまで響く。

「ねえ、寮を出てアパート暮らしを始めたのは、一人で気楽に過ごしたかっただけ？」

　えっ、と声を上げる。暗がりで顔色まではわからないが、動揺している気配が立った。そういうことかと思いながら、畳みかけるように話す。

「もしかして、雫さんと暮らそうと思った？」

「え、いえ、まさか。そんなことまで、考えてません。ただ」

　次の言葉が出るまで、貴衣子は冷えた体を両腕で抱えながら待つ。ようやく、重い口が開き始める。

「ただ、泊まるところがないのなら、そういう場所をひとつ用意しといてあげられたらいいかな、とは思いました」

「そうなんだ。雫さんなら、雫さんのためならしてあげてもいいと思ったんだ」

里志はこくりと子どものように頷く。警察学校を卒業しても、こんな風に返事をし続けられる人間がいるのは、ある意味貴重だ。厳しい教練を受け、ほとんどの人間が、上司に問われたなら条件反射的に背筋を伸ばして、はい、としか返事はしない。それ以外に答える形はないと教えられる。

自分が上司と認識されていないのか、それとも警察学校での教育が以前より柔軟になったのか、色々考えさせられる。それでも、その頷きを見られたことで僅かだが、今日バタバタと動き回ったことが報われた気がした。

自宅に戻って、今日一日のことを思い返しながらお風呂の支度をする。そして、気づいた。

まだ八時になっていないのを確認し、携帯電話で村松を呼び出した。捜査会議の最中でなければ出られる筈、と考えているうちに応答があった。いきなり、「なんかわかったか」という。

苦笑しながら、ファムの部屋のなかにあったものは残らず調べたのかと問うた。電話を通してでも村松の態度が硬化したのがわかった。声を潜めるようにして、どういう意味だと訊く。

「写真にあった部屋の隙間のこと、覚えておられますか」

「もちろんだ」

「床や畳面などを細かに調べられませんか」

「どういうことだ。あそこが殺人現場でないことは鑑識が確認している」

「ファムの部屋にパソコンのたぐいはなかったといわれましたよね」

「ああ」

「ですが恐らくパソコンが、少なくともプリンターはあったと思います。もしかすると、ラミネーターのようなものもあったかもしれません。詳細に調べてもらえれば、その痕跡が見つかるのではないでしょうか」

「ラミネーター？　なんでそんなものがあると思う」

その可能性を思いついたきっかけとして、今日、単独でソーンに会いに行ったことをいわねばならない。そうなれば、また捜査本部から大目玉を食うのは必至だが、この際、そんなことはどうでもいい。事件解決のために必要なことは、残らず報告する。それが立場を弁《わきま》えず出しゃばったことであるとわかっていても、警察官としてなすべき責務だと信じている。

村松もそのことはわかってくれて、たとえ貴衣子の想像が間違っていたとしても、できるだけ庇ってやる、とはいってくれた。まあ、どこまで本気かはわからないが。

12

十月二十七日、金曜日。事件発生後、二度目の当番勤務となる。

通常の当務だと、朝から翌日の朝までだが、ひったくり犯のせいで昼から勤務に就くことになった。夜間の警戒が強化され、休憩なしで深夜、巡回警らに出るから、せめて午後ゆっくり目に出勤してくれという、些少ながらも上からの配慮だ。午前中の交番員の不在は、別の係の日勤勤務員が就くことでカバーする。

昼前、本署の近くまで来たときに携帯電話が鳴った。画面を見れば村松からだった。どこからか出勤して来たのを見ているのではと、思わず周囲に視線を走らせた。

「主任のいった通り、出たぞ」

「そうですか」

「今、どこだ。もう署か」

「着いたところです。今から地域に行きます」

「その前にちょっと寄ってくれ」

「三階ですか？」

「ああ」

「でも」といったところで切れた。仕方がないと、息を吐く。

活動服に着替えたあと、すぐに宇口に報告し、拳銃携行に遅れることの許可を得る。

ノックをして講堂のドアを開けた。思ったほどの人数はいなかった。すぐに村松が走り寄ってくるのは見えたが、雛壇近くに加納を中心にした数人が集まっているだけで、久保田の姿はなかった。

室内の敬礼をして、加納の前に立つ。ちらりと視線を流されたが、すぐに余所を向かれ、向かれながらもすいと書類を差し出された。戸惑いながらも受け取る。

鑑識の報告書だった。ファムの部屋から、プリンターのカートリッジに含まれる染料インクの粒子とビニールの細かな切れ端がいくつも発見された。そして調べた結果、ビニール片はラミネートフィルムであることが判明したと書かれていた。貴衣子が目を上げると、加納が手を差し出しながら話す。

「どうして気づいたのかは、村松主任からだいたい聞いた。勝手にソーンに会いに行ったこともひとまずおく。こういうやり方で偽変造カードが作れると知っていたのか？」

書類を加納の手に返し、貴衣子は知ってはいませんでした、自分が警備課にいたときには、まだ在留カードはなかったのでと答える。

加納は村松をちらりと見てから、別の書類を手にして話を続ける。

「本来、ラミネート加工は熱でプレスするものだから、ビニール製品などをラミネートすることは難しい。溶けたり変形したりする可能性があるからだ。だが、たとえば在留カードをスキャンしてパソコンに取り込んだ上で、邪魔な柄や浮き出た紋様を消し、内容を書き換えてプリントアウトし、それを台紙、恐らく厚紙のようなものをあいだに挟んでラミネート加工を施す。そして出てきたものの縁を綺麗にハサミでこそげ取れば、偽造カードらしきものができる。カードのデザインやフォントなどは、一度作製してしまえば基本形として残せて、いくらでも使い回しができる」

それが今朝になって捜査本部で明らかにされた、ひとつの可能性だった。

横から村松が、「浦主任から聞いて、ファムの部屋をもう一度捜索したんだ。今度は強力掃除機と粘着テープで床に落ちているもの全て吸い上げた。透明の切れ端だったんで目につきにくかったこともあるが、端から別物に当たりをつけて探してたから」

わざとのように言葉尻が消え、暗に薬関係に絞って捜索したからと愚痴りたいのだと気づいたが、貴衣子も加納も無視する。

鑑識から結果が出るのを待って、久保田ら捜査員があの部屋から消えたものの手がかりを探しに出た。インクは互換のものだし、パソコンの機種も判明しないが、ラミネーターはそう大量に出回るものではないからと、勇んで出かけたという。

「あの空いていた妙な間は、ラミネーターが置かれていたんだな」

村松が捜一の係員と肩を並べるような態度で口にする。貴衣子は黙ったまま、少しだけ頷いた。

ソーンと会った際、ファムが大きなポイントの文字の紙を貼っていたといった。そんな貼り紙があったとは村松から聞いていなかったし、アパートを訪ねたときにも郵便受けにそんなものは見なかった。自然と剥がれたのか、ファムが剥がしたのだろうと深く考えなかったけれど、里志とお蕎麦を食べたあと、自宅に戻ってから改めておかしいと気づいた。

貴衣子はファムの着ていたシャツを売っているショップを訪ね、結構な値段がするものであることを確認した。とても、技能実習に来ている外国人が、何着も揃えられるものではない。やはり、本来の仕事以外の割のいいアルバイトをしていたと推測せざるを得ない。それもパソコン類を必要とする仕事だ。

更に、ファムがソーンにかけた言葉から、ファムはなんらかの形で実習生を失踪させる手助けをしているのではないかと考えた。アパートでは人付き合いを避けるファムだが、さすがに同じ国の人間が質《たち》の悪い企業に使われて苦労しているのなら、力になってやろうと考え直したのかもしれない。しかし、ただ逃げるだけではあとの生活に困る。どこかで働くにしても暮らすにしても、在留カードの提示を求められたら面倒なことになる。

貼り紙のこと、割のいいアルバイト、ソーンにかけた言葉、それらがひとつになって在留カードが浮かび上がり、村松に見せてもらった写真にあった妙な隙間と合致した。あそこにはプリンターかラミネーターがあったのではないか。もちろん、パソコンもあったのだ。

在留カードの偽変造。

事件発覚後、警察が来る前にファムの部屋に侵入した誰かが、偽変造が類推されるものを全て持ち去った。恐らく、そのとき郵便受けの貼り紙も剝がしたのだろう。だがもし、部屋のどこかに、切り取ったフィルムの欠片《かけら》でも見つかれば裏付けが取れる。

そう思って村松主任に連絡した。ラミネートフィルムが出たと加納から聞かされ、確信に変わった。

加納らは捜査一課長を通じて、県警本部警備部と連携を取ることになった。在留カードの偽変造は警備部の十八番《おはこ》だ。その辺りから聞いた話を既に捜査一課は全員に周知させていたようだ。改めてという風に加納が説明する。

「だが、そういうカードは粗悪品だ。ホログラムや透かし文字などはそれらしいシールやテープで誤魔化せるかもしれんが、所詮、代用品だ。手にすればすぐにわかる」

貴衣子は黙って加納を見つめた。加納もわかっているという風に頷いて、「在留カードを手に持って、しげしげ見たことのある人間など、そういないだろう」と自答する。

住むところを借りる、アルバイトをする、お金を借りる、レンタルする。外国人を相手にするとき、どれほどの人間が在留カードの提示を求めるのだろう。そしてそれが本物と違うと、すぐにわかる人間がどれほどいるだろう。もしかすると職質する警察官でさえ、見せてもらったカードの記述に問題がなければ、手触りや透かしの異常に気づかず素通りさせるかもしれない。

「それに、カードそのものを偽造するのでなく、記載の一部だけを書き換えるのであれば、ラミネートする必要もない」

在留期間満了日の年月日を変える、就労の可否を変更する、挙句、名前そのものを変えることもあるかもしれない。一部分だけの変更であれば、ホログラムも透かしも有効だから、手に取って確認されても問題ない。もっといえば、住所地の変更に至っては、裏面に書き込んで市区町村印を押すだけでいいから、なお容易い。

「ファムは、技能実習生として働きながらカードの偽変造のアルバイトをしていた訳だ。本人のカードは本物だから疑われることもなかった」

加納の言葉を聞いて、村松が舌打ちする。それは貴衣子の気持ちでもあった。

アジアンアパートにおいて、ファムに対してだけ巡回連絡が叶《かな》わなかった。だが、たとえ会えていたとしても本物のカードであれば、態度や様子がおかしい程度で部屋のなかまでの捜索はできない。それでも、なにかやり方があったのではないか、安易な取締りをしていたのではないかという自責の念が拭い切れない。

貴衣子の推測は正しかったが、捜査本部としては面白くなかっただろう。村松にしても、手柄には違いないが、元をたどれば部外者である貴衣子からの情報だ。結構な嫌味をいわれただろうが、そういうことは顔に出さず、それなりに貴衣子を庇うこともしてくれたらしい。加納や周囲にいる捜査員は、貴衣子を睨むことはしても荒い言葉はぐっと抑え込んでいる風だった。

「パソコンやラミネーターが部屋から消えている。何者かが持ち去ったと考えるべきだろう。カード偽造において、ファムには共犯者がいたという前提に立つ」

加納は、このあと会議で捜査方針を改めることになるといった。共犯者の存在を確認し、その人間を最重要参考人とするのだ。貴衣子に目をやることなく、加納は雛壇の方へ足を向けた。他の捜査員らも追随する。ついて行こうとしない村松を怪しむように見ていると、にっと笑って目を大きく見開いた。昨日より更に充血しているが、昨日と違って粘りつくような光を宿している。その村松が囁く。

「捜査会議、出るか？」

「は？」

「加納さんはいても構わないっていっている。宇口係長には俺から話をつけとく」

貴衣子は村松を見つめ、雛壇やホワイトボードに視線を当てた。そして、首を振った。

「いいえ、自分の仕事に戻ります」

今は連続ひったくり犯のせいで、夜間の重点警らが入ってまともな休憩も取れない日が続いている。しかも日勤勤務までも増えたから、公休を取ることさえできなくなった。同僚や上司らは、明らかに疲弊してきている。そんなとき、ルーティンで動いている地域課交番員に欠員が出ては、誰かに余計な負担がかかることになる。地域課には地域課の仕事がある。

「そうか」

わざとかもしれないが、村松はちょっと残念そうな表情を作ってくれた。

「ひとつだけ、訊いていいですか主任」

「おお、なんだ。またヒントをくれるのか」

ここまでいわれると嫌味にしか聞こえない。

「青野はどうなりました？」

なんといっても遺体が発見された現場の家の持ち主だ。しかも女子高生を使って怪しげな動画サイトを運営していた。

「今は生活安全課が聴取しているよ」という。

「では、ファム殺害の件ではアリバイがあったんですか」

村松は小さく肩をすくめる。

「そういうことだ。元々、青野の自宅は県外だ。あそこは動画を撮ろうかと思ったときにだけ使う場所でな、少し前に撮影で使って、ほら、お宅の僕ちゃんが駅前で、宮前雫とお友だちを見かけた日だ。雫とバイトに応じた女子高生二人は午後三時過ぎに青野の車で保養所に入った。それは市道のカメラにちゃんと映っていた。それから撮影を始め、夜の六時過ぎには終わった。それから、まあ、打ち上げでもしようってことになって、青野と撮影仲間と女子高生二人は、午後七時過ぎに車で町に向かった。それもカメラに映っていた。駅前のカラオケ店で騒いで十時ごろ解散。女子高生らと別れたあと、青野らは映像の編集をするため、自宅に帰ったそうだ。犯行時刻の十一時以降の証人も大勢いる」

「宮前雫は一緒にカラオケに行かなかったんですか」

「ふむ」村松は腕を組んだ。「撮影に応じたお友だちがいうには、雫は、カラオケの気分じゃない、眠いからこのまま二階で寝るといったらしい」

「そうですか」

そうなると雫は、事件の夜、一人であの青野の保養所にいたことになる。ファムがあそこに運ばれてきた時刻にもいたとしたら、その現場を見たかもしれない。犯人らに気づかれ、拉致《らち》されたのか。もし、そうなら。

すっと背中が冷える感じがした。

村松がそんな貴衣子の顔色を窺いながら、下唇を徐々に突き出してゆく。

「俺らは、期待していない」

宮前雫の生存を。

村松が、じゃあな、と手を振ると足早に雛壇へと向かった。貴衣子は室内の敬礼をし、講堂を出た。

最悪の結果を予想するのは、刑事の性《さが》だ。だが自分は違う、と貴衣子はいい聞かせながら足を速める。今日に限って、吸い付くようなリノリウムの感触が疎ましい。

地域課の扉の前で足を止め、深い呼吸を繰り返したのち、挨拶をしながら部屋に入る。

課長も係長らもみな自席にいて、業務をこなす無機質な音だけが響く。喋っている人間が一人もいない。怪訝に思いながらも宇口の席に目をやる。

近づきながら、「遅くなりました。今から栗谷交番に向かいますが、澤田巡査はもう先発しましたか」と声をかけた。顔を上げた宇口は跳ねるように立ち上がると、貴衣子の背を押し、部屋の外に出るよう促す。なにか内密の話があるらしい。

地域課の隣にある待機室が空なのを確認して、宇口と共に入る。

「捜査本部で聞かなかったか」いきなりいう。

「なにをです」

「澤田の知り合いの、宮前って子には恋人がいたって話だ」

「恋人？　村松主任はなにもいってませんでした」

「そうか」と横長のテーブルの上に尻を乗せて、うな垂れる。

昨日、曽我学園の女子高生を確保し、捜査本部が聴取をした際に出てきたことらしい。

課長経由で耳打ちされたことで、「まいったよ」と宇口はぼそりと呟く。

「その女子高生が、本人から直接聞いたそうだ」

見たこともないし写真も見せてもらっていないから、どんな容姿かは知らないが、歳上の社会人だということだけ教えてもらったという。しかも、その恋人は、みんながよく知っている仕事をしていて、制服の似合う人だ、と。

「みんなが知っている仕事に、制服ですか」

そういうと宇口はしょげた。貴衣子も宇口と同じように里志を思い浮かべた。

宇口にしてみれば、里志と雫の関係が単なる知り合い程度と信じたからこそ、そんな二人が共謀して犯罪に関わる筈ないと反駁《はんばく》し、庇ってもきたのだ。だがもし恋人という深い関係性であるなら、事件に関わっていた可能性は強まる。嫌疑がより濃くなったと、捜査本部は考えるだろう。

里志が捜査本部に目をつけられていると思うだけで憂鬱なことなのに、またぞろ妙な証言が出てきて、心痛は深まるばかりだ。地域課が重苦しい雰囲気に包まれるのも頷ける。

「ともかく、気をつけてくれ」

宇口にはそれが精一杯の言葉なのだ。


午後遅くになって、ようやく栗谷交番に入った。

1係の日勤勤務員二人が就いており、先発した里志も交番にいて挨拶をくれる。

日勤者に断りを入れて、机の上にあるパソコンで昨日の警ら日誌などの確認をする。

貴衣子がソーンに会いに行っているあいだ、当務員は道案内、駐車違反車両の取締りをする程度で、夜間の警らに集中していた。農家からの苦情が一件入ったようだが、酔客同士の喧嘩《けんか》が発生し、そちらへの対応に手を取られて未済となっている。

ある意味、無難なひと晩だったようで、今夜もそうであって欲しいと願う。日勤者が気を遣って外回りに出かける。当務員は夜間の警らがあるから、日中はなるだけゆっくりしていてくれということだ。

バイクでなく自転車で出て行くのを見送ったあと、貴衣子は里志の沸かしたポットの湯でお茶を淹れた。あいだの扉を開けたままで、奥の休憩室でゆっくりと飲む。里志が表側の机についているのを後ろから眺める。せっせとパソコンになにかを打ち込んでは、時折、ペットボトルを口に運ぶ。

ともかく宮前雫が見つかれば済む話なのだと、貴衣子は自身を元気づける。雫は今、どこにいるのか。生きた姿で見つかって欲しい。貴衣子は里志の背中から視線を引き剝がすと、温いお茶を勢い良く啜った。

夕方、日勤勤務員が本署に帰って行った。このあとは里志と二人だけで栗谷交番を守る。貴衣子が早めの夕食を摂ることにして、私物のジャンパーを羽織って商店街にお弁当を買いに出た。買い物客や会社帰りの人々で賑わい始めた通りを足早に歩く。制服を覆い隠しても、貴衣子が交番員であることに気づく人は多い。声をかけられ、労《ねぎら》われ、ちょっと立ち話をして店先をひやかしながら惣菜屋を目指した。ゲームセンターの前で騒ぐ子どもらの奥に、俯きながら歩く小太りの女性の姿が目に入った。貴衣子に気づいていないらしく、目の前に来てようやくはっと表情を変えた。

「今、お帰りですか」

「あ、お巡りさん」と笑みを浮かべかけた途端、ふわりと上半身がそのまま後ろへ倒れていきそうな気がした。貴衣子は思わず、両手を差し伸べかけるが、もちろん、そんなことはなく、佐久間寛子は荷物を、よっこらしょ、と持ち直す。通勤バッグを肩にかけ、薄い黄色のエコバッグと白い半透明のビニール袋を右手にまとめて持っている。エコバッグの方にはプラスチックのフードパックらしいのがいくつかと、缶ビールの膨らみがあった。もう一方の袋には、詰め替え用ウェットティッシュや洗剤、猫の写真のついた大きな袋が透けて見えた。

「お疲れのようですね」

「ええ、まあ。いつものことですけどね」

巡回連絡カードで年齢が五十七歳であることは確認していた。スーパーでお惣菜作りをしているが、交番からだと少し距離があるので、貴衣子はまだ一度も食べたことがなかった。どういう味つけなのかは知らないが、それでも、毎日のように商品を持って帰っているようだから、寛子や父親の口には合うのだろう。そういうと、「毎日だとさすがに飽きるんですけど、家に帰って作るのも面倒だし」といって目を伏せた。ほつれた髪を指でかき上げる。

「そうでしょうね。わたしも一人分だと却ってもったいない気がして、お惣菜をよく買います。あと、冷凍とかレトルトとかも多くなりますね」

あら、という風にようやく顔を上げて貴衣子を見た。

「お巡りさん、お独り？」

「ええ。バツイチですけど、子どもがいませんから」といったあとに、気楽です、という言葉を慌てて飲み込む。むしろ、寛子の方が口にした。

「いいわね。一人だと気楽でしょう」

笑ってやり過ごす。寛子はまた目を伏せ、呟くように、いいわね、とこぼした。聞こえない振りをして、「それじゃ、気をつけて」と会釈して別れる。貴衣子は、少し先にあるお惣菜屋さんで中華弁当を買い、来た道を戻る。歩きながら、喜一の様子を訊くのを忘れたことに気づき、次には必ずと思いながら、帰宅後の寛子のあれこれを想像した。

これからヘルパーさんと交代して、父親に声をかけ、様子を見ながら夕飯の仕度をして食べさせる。そのあともやることは山積みだろう。高齢者の介護をしたことのない貴衣子には、世間でよくある話という程度の知識しかなく、なにをいっても上すべりの話になる。

だが、たとえ上辺だけの言葉でも、警察官は発しなくてはならないときがある。

人は千差万別で、全員と共感することなどできない。だからといって声をかけずに済ませられる話でもない。お前になにがわかるといわれても、大変ですね、こうしたらどうですか、ああすればいいんじゃないですか、と声を出し、手を貸さねばならない。それが仕事だ。

そういえば、とふと足を止めた。最近の寛子はいい香りがする。コロンのようなものをつけているのか、いい石鹸を使っているのか。夜に徘徊した喜一を迎えにきたときも、お酒の臭いと一緒に同じように香ったことを思い出した。そういうことに手間をかけるのは、心に余裕が持てているということだろう。心身の疲労を紛らわすためにお酒を飲むのも必要だろうが、自分のためになにかをするということの方が癒《いや》しの力は大きいのではないか。

ただ……。

寝たきりの高齢者介護だと、下の世話が大変らしい。どれほど掃除をし、消臭スプレーを撒《ま》いても、糞尿《ふんにょう》の臭いは家にこびりつくと聞く。佐久間老人は寝たきりではないが、もしかするとそういうこともあって、寛子の香りもそれらを誤魔化すためのものかもしれない。このことは、自分からは話題にしないよう、貴衣子はまたひとつ戒めを置いた。

交番に戻り、奥の部屋で弁当を広げる。ドアを半分開けたままにして、表のスペースも視野に入れておく。里志が事務机でパソコンの画面を眺めては、なにかの書類を作成していた。シュウマイの上にパセリがのっている。箸で横に取りのけた。

貴衣子は、自分の上司らをパワハラなどで監察に訴えたあと、地域課への異動願を出した。

なぜ地域課を選んだか。それは警察組織のなかの序列で、地域部門が下位に位置するからだ。

共に働いた仲間を告発したのだから、たとえ自分に非はなくとも、同じ職場では働けないと思った。監察の聴取では、他の同僚らが貴衣子の受けた被害に対し、事実を正直に証言してくれた。盗犯係での失態を貴衣子一人の責任にされそうになったときは誰も庇ってくれなかったのにだ。つまり監察への供述は、業務の一環であり、嘘を吐くことで自らの立場を悪くしたくないがためで、決して、貴衣子の味方となって、気の毒だったと憐れんでくれるものではなかった。その証拠に、以前よりずっと冷ややかな態度で接せられるようになり、また余計なことをいって訴えられては困るという風なわざとらしい素振りさえ見せられた。

自分は傷ついたのだろうか。それとも、行き過ぎた真似をしたと悔やむ気持ちがあったのか。だから、せっかく入った捜査部門から地域課へと、まるで降格のような異動を自ら願い出て痛み分けのようにして自身を納得させようとしたのかもしれない。

そんな経緯で異動した地域課であり、交番勤務ではあったけれど、いざ働いてみれば以前のときとは違うやりがいを感じた。自分には、この仕事が一番合っているのではと思うことすらあった。ただ、その一方で、昇任試験に身が入らないのは、これ以上、組織のなかでがむしゃらになることも、ステップアップも目指さないと決めたからだと気づいている。そんな諦念と覚悟があるからこそ、ある意味、実直さをもって仕事をしていられるのだとも思う。

それでも、ふとした拍子に抑えがたい焦心に包まれることがある。

昇任もせず、他の部署への異動を目指すこともなく、淡々と同じ仕事を続けてゆく。それで本当にいいのだろうか。

開き直っても、見て見ぬ振りしても、胸の奥でくすぶり続ける。そんな屈託を抱える自分が、里志のような人間にどんな指導ができるというのだろう。

取りのけたパセリを箸で摘《つ》まみ、口のなかに放り入れた。

世代間の違いというだけでは割り切れないものが貴衣子と里志のあいだにはある。そんな若者がこれからも増えるだろう。彼らは彼らなりに、思いもよらない考え方で世間を渡り、広げてゆこうとするのなら、それもひとつの希望なのかなとも思う。もう、男だ女だという時代ではない。人と相対し、目を逸《そ》らさず向き合ってゆくことしか、今の貴衣子にできることはないのかもしれない。

突然、無線機から強い声が発せられた。

里志の背がびくっと揺れ、貴衣子はぱっと箸を置いた。そのまま微動だにせず耳を傾ける。

『羽鳥西から各局、羽鳥西から各局。木ノ内エリア、鴻池町《こうのいけちょう》一番地路上においてミニバイクによるひったくり発生。当該車両は銀色のバイク、黒い上下に黒のフルフェイス――』

自転車に乗った若い女性が前カゴからバッグを奪われたらしい。怪我はない。すぐに仕度をして、奥の部屋の戸締りを確認したあとヘルメットを片手に飛び出した。貴衣子がバイクを引き出していると、後ろから里志の苛立つ声が聞こえた。振り返ると、中年女性が里志の腕を引いていた。

「どうしたの」

「この人が、裏山の小屋を見てくれとかなんとかいって」

「どうしたんですか」貴衣子が女性に向き直ると、きついパーマをあてた太った女性が口を尖らせ、責めるような口調でいう。

「このあいだっから、うちの裏山にある小屋に動物が巣を作っているみたいだから、ちょっと見に来てって頼んでいるのに、ちっとも来てくれなくて」

ああ、と頭のなかで警ら日誌を思い起こす。そういえば、昨日もあった。担当した当務員は、喧嘩の仲裁が入って対応できなかったのだ。

「すみません、今、ちょっと緊急事態ですぐに動けないんです。でも、今夜遅くなっても見回りに行きますから、その場所の地図を描いて、交番に置いておいてください」

「ええー」

「すみません、必ず対処しますから」

仕方ないという風に肩を落とすのを見て、バイクに戻る。里志を促し、走り出した。信号待ちで横に並ぶと、里志が首を伸ばして訊いてきた。

「主任、あれはうちの仕事じゃないと思います。鳥獣の捕獲とかは役所の農政課か地域振興課の筈です。対応する必要ありませんよね」

一旦は、うん、と頷く。でもね、と里志の目を見る。

「あの人は以前にも訴えている。その際、うちの管轄じゃないといっておいたのなら、恐らく、今日現れなかったでしょう。でも、来られた。ちゃんと対応をしなかったせいで二度も三度も手間をかけさせたのよ。こういうミスをミスとしないでいたなら、いつかとんでもないことになる。だから、できるときにできる人間がフォローする」

「フォローですか」

「そう。交番勤務はそれぞれが単独の仕事であって、複合的でもある。今からする仕事もそう」

信号が変わり、貴衣子はグリップを回した。

13

現場は川沿いの細い生活道路だった。

本署からの指示で、そこから続く幹線道路各所で検問を設ける。貴衣子らはその応援に回った。

ミニバイクだけでなく、車両はもちろん、黒っぽい服を着ている男性なら歩行者にも声をかけた。検問しながら同僚に話を聞く限り、例の連続ひったくり犯と同一人物らしかった。追い越す際に長い腕を伸ばして、前カゴから荷物を引き上げる。

「ずい分、バランスのいい野郎だよ」と応援に来たパトカーの主任がいう。ペアを組む巡査は運転席で待機し、検問されている車両を注視していた。

普通、片手でなにかをしたなら多少はフラつきそうなのに、まるで何事もなかったかのように走り去ったらしい。被害にあった女性が、なにが起きたのかすぐにはわからなかったといっているくらいだ。

「変ないい方だけど、上手《うま》く盗《と》ったから被害者が倒れて怪我をすることもなかったってことよね」

「まあな。だけど、今回のは早かったな」

「うん？　ああ、時間？　そうよね、前回はスナックのママがお店の帰りに狙われた。その前のも午前零時は過ぎていた。今日の発生は、午後六時〇五分だっけ。すっかり暗くはなっているけど、帰宅者がこれから増えそうって時間で、主婦だって学生だってウロウロしている」

「ここは、普段から日中でも人通りのない道だけどな」

車一台がやっと通れるという幅しかない生活道路だ。少し前に、北側に舗装道路が拡張され、車両はもちろん、夜間も明るいので歩行者もそちらを通るようになった。この道を使うのは川沿いに住む人か、さもなければ通り抜けて田畑に用事のある人間だけとなる。

農作業の人は夜に移動することはないから、通るとすれば今日襲われたような会社員か、あとは学生になるだろう。

「そういうのを知っている人間となると」

「羽鳥西管内の居住者としか思えん」

「そうね」

「当分、休日返上で重点警らだな」

「ですね」

無線機からまた連絡が入った。

目撃者らの話から、当該車両が北方面へ向かったことがわかった。よし、とパトカーの主任は気合を入れると、貴衣子に先に行くといって助手席に乗り込んだ。赤色灯を回し、サイレンの音を立てて走り去る。

貴衣子らも栗谷交番の北側で行っている検問所に合流することにした。あちこちで鳴り響くサイレンの音を気にしてか、道行く人が立ち止まって頭を左右に振っている。貴衣子と里志が連なって走るのをじっと見つめてくる。

道路を行き交う車両はもちろんだが、黒っぽい服装の歩行者も捜す。信号にかかって、バイクを停めた。

左側の歩道に目を向けたとき、街灯の光から外れたところで黒い影が動いた。腰の辺りに大きな荷物を抱えているように見えたが、それがバイクを押しているらしいと気づいて思わず体を伸ばした。その途端、影が横道へと入り込んで行った。

すぐ後ろにいる里志に顔半分だけ振り返り、「澤田巡査、左前方の細い道」という。

「はい？」

タイミング良く信号が変わり、貴衣子は急発進する。左へと曲がると、黒い影がヘルメットを被り、バイクのエンジンを掛けるところだった。咄嗟に警笛を吹いた。そして車上から、警察よ、停まりなさい、と叫ぶ。

貴衣子の声が聞こえた筈なのにバイクは発進し、スピードを上げた。こちらも速度を上げて追いかけるが、その背を見ながら少し低いか、と考える。腰からヘルメットまでの高さが一メートルあるかないか。腕の長いひったくり犯は、身長が高いだろうと目されている。

ブレーキを掛けることなく角を曲がる。逃げるつもりとわかって、貴衣子はこのまま深追いすることを躊躇《ちゅうちょ》する。地域課のバイクには赤色灯もサイレンもない。緊急車両ではないから無茶ができない。応援を呼んだ方がいいと判断して、曲がったところで停止しようと、後ろの里志に合図した。

左折すると少し先にバイクの後ろ姿が見える。貴衣子はブレーキを掛けて停まり、無線機を手に取った。ところが、そんな貴衣子に気づいたのか、運転者がバイクに乗ったまま振り返り、前方から来た車に気づくのが遅れた。

「あ」と貴衣子と里志が思った途端、バイクがハンドルを切り損ねて左のガードレールに接触して転倒した。転んだ運転者は、腰の辺りをさすりながら起き上がると、ヘルメットをつけたまま走り出した。

「待ちなさいっ」

反射的に貴衣子もバイクを降りて追いかける。そんな貴衣子の横を里志が走り抜けた。さすがに若いと思いつつも懸命に腕を振った。

付近には集合住宅があり、帰宅途中のサラリーマン数人がなにごとかと足を止める。そのあいだをヘルメットを被ったまま潜り抜けようとするから、余計にふらつき、速度が落ちた。転倒したときどこか打ったのか、どんどん足が遅くなり、里志が追いつくころにはほとんど止まりかけていた。やがて警察官がすぐ側にいると気づくと、観念したように地面に崩れ落ちた。里志は、どうしようかという風に、息を切らしながら貴衣子に顔を向ける。街灯の白い光の下で、里志の顔が紅潮しているのがわかった。瞬きを忘れた目が大きく開いて、全身が緊張で硬くなっている。それでも警棒を取り出し、構えるだけの冷静さはあったようだ。

貴衣子が追いつき、座り込んだ男に声をかけた。

「そのままの姿勢でヘルメットを取って。ゆっくりよ」

里志と、男を挟むようにして立つ。バイクの男は息を弾ませながら、ヘルメットを取ると恐る恐る顔を上げた。二十代そこそこに見える。学生かもしれない。

「どうして逃げたの。わたしが呼んだの、聞こえたわよね」

男はこくりと頷く。

「免許証を見せて」

そういうと、首を弱々しく振った。「すみません……免停中です」

いくらか予想した展開だったので、残念というよりは、どちらかといえばホッとする気持ちの方が大きかった。ひったくり犯でないとわかって、里志も上半身でため息を吐き、警棒を下ろした。

貴衣子はバイクの男の肘を取って、立たせる。怪我がないか確認しながら所持品などの身体検査をし、氏名等を問い質した。免許照会をかけると、本人のいう通り、免停中であることが判明した。ひったくりが起きたタイミングでパトカーは出払っているとは思うが、無線で本署に連絡をする。なんとか、近くにいるパトカーの手配をしてもらう。バイクの男はうな垂れ、諦めたように沿道の花壇の縁に腰を下ろした。

顔を赤くしたままの里志に小さく声をかける。

「もう、警棒しまいなさい」

え、という顔をする。自分が警棒を握っているのも気づいていなかったらしい。

倒れた違反者のバイクを歩道に上げ、里志と違反者を待たせて貴衣子は自分達のバイクを取りに戻る。

なにごとかと、人が集まって来ていた。

そのなかに見知った顔を見つけた。バイクを押す手を止め、声をかける。

週に一度、農協の野菜直売に来るジャカルタから来た女性で、確か、名前はアウラ。服装がいつもの気楽なシャツとジーンズというものでなかったから、すぐにはわからなかった。ベージュのトレンチコートに、上下紺のパンツスーツを着ている。

側まで行って、「こんばんは」というと、びっくりしたように顔を向けた。アウラは道の先にいる里志らをじっと見ていて、貴衣子に気づかなかったようだ。

「あ、コンニチハ」慌てて伸び上がっていた体を元に戻す。

アウラは自転車を押していた。

「どこかの帰り？」

「あ、ハイ。メンセツ、行ってた、ソレ帰り」

「メンセツ？　ああ、面接。どこかに働きに行くの？」

アウラは小さく頷く。硬い笑みを作ると、マタネ、といって自転車と共に歩き出した。少しのあいだ小柄な背を見送り、再びバイクを押して里志の側まで運ぶ。間もなく、サイレンが聞こえ、赤色灯が目に入った。

夜の住宅街でパトカーの灯は回転しながら、周囲にある窓や壁を赤く染める。その色は、家の奥にいてさえ、必ずどこかの隙間を縫って、尋常でない雰囲気を住民に知らしめるものだ。窓に赤い灯が当たるのを見ただけで、体がすくむと年配の女性がいっていたのを思い出す。

貴衣子や里志にとっては、なにより心強い光ではあるのだが。


結局、ひったくり犯は捕捉に至らず、二時間程度の緊急配備は解除され、貴衣子らは交番に戻った。

不測の追跡劇のせいというより、またもひったくり犯を取り逃がしたことによる疲労が覆い被さる。羽鳥西の刑事課連中も、ただでさえ殺人事件で右往左往しているところに、いつまでひったくり犯をのさばらしておくのだとヤキモキしているだろう。いや、捜査一課に呆れた目を向けられ、肩身の狭い思いをしているかもしれない。村松が居心地悪そうに頭を掻いている様子が目に浮かぶ。

「澤田巡査、夕食まだでしょ。食べて」

里志も疲れたのか短く返事し、奥の部屋へと入った。今から買いに行くのも面倒だから、買い置きのカップ麺でも食べるのだろう。

代わりに貴衣子が表の机についてパソコンを起動させた。日誌に書き込んでおこうとマウスを握ったとき、ふと固定電話の下にメモ紙があるのに気づいた。なんだろう、と手に取り、あ、と声に出して胸のなかで舌打ちする。

出がけに農家の主婦から頼まれごとをしたのだった。

稚拙な絵でわかり辛いが、受け持ち区域のことだからおよその見当はつく。主婦の家の裏手の山に、山林伐採の際に使う小屋がいくつか点在している。そのなかのひとつを狸だか鼬だかが、ねぐらにして使っているらしい、なんとかしてくれという話だが、時計を見上げて肩を落とす。

まだ九時過ぎではあるが、このあとの夜間警らのため、少しでも休憩を取っておきたかったた。しかし、そうもいかないようだ。カップ麺を啜っている里志に、食べ終わったら狸を探しに行くと告げた。

バイクで農道を走る。

ところどころ街灯があるにはあるが、およそ防犯の役目を果たしているとは思えない。単に、道から外れて田畑に落ちないようにと注意を促す程度だ。

十月末ともなれば稲刈りが終わって、一面荒涼とした風景と化す。広大な敷地が広がり、風が遠慮なく吹き回る。夜だからそんな景色も見えないけれど、だからこそ余計に宙に放り出されたような心もとなさと、寂々たる雰囲気がひしと迫ってくる。

どこまでも闇が延びている。そんななかをバイクで走り抜けた。

まだ寝るには早い時刻ではあるが、農家の一軒一軒が離れているからテレビの音はおろか物音ひとつ聞こえない。二台のバイクのエンジン音が闇に吸い込まれる。

訴えてきた主婦の家から灯りが漏れているのを見て、まずは寄ってみようと短い坂を上ってバイクを停めた。気配を察したのか、主婦がすぐに出てきた。

詳しい場所を確認する。家の裏手の山のなかに、手入れをするための道具などを置く小屋があるらしい。秋から冬は、そんな作業がないからほとんど放ったらかしにしている。それがたまたま水曜日の午前中に行ったら小屋のひとつから生き物の気配がした。動き回ったり、鳴いたりする声が聞こえて、きっと山の動物がねぐらにしているのだと思った。

それからも頻繁に出向いては外から様子を窺ってみたが、蠢く気配は消えない。どんな動物かわからないから、怖くて開けられない。なかに大事なものはないけれど、いると思うと気持ちが悪い。糞をされて汚くされたなら、いざ使うときに難儀もするだろうからなんとか追い出して欲しいという。

そんなことなら自分の夫や子どもにでも頼めば良さそうなのに、面倒臭がってしてくれない、子どもに怪我でもされたら困ると、色々いい訳をする。挙句に、いざとなればお巡りさんなら拳銃で撃ち殺せるでしょうという。それで警察を頼ることにしたらしいが、そんなことで拳銃を使ったら処分ものだ。ただ、今さら市役所の農政課に頼んでくれともいえないので、懐中電灯を取り出し、見てみましょうと歩き出した。

主婦は親切心からか、鋤《すき》か鎌《かま》でも貸そうかという。そんな大きな生き物なのかと訊くと、さあ、怖くて見てないと首を傾げる。この辺りで熊が出たという話はないし、以前、猪《いのしし》が突進してきて人に怪我をさせたことはあったが、めったにあることではない。せいぜいが狸かアライグマ、ハクビシン、鼬だろうと思う。そんな動物でも暴れて噛まれたりしたなら怪我を負う。里志と一緒に、充分注意しようといい合いながら、山に入った。

人が入る場所なので、それほど歩きにくい訳でもない。やがて樹々のあいだに黒々とした建物の影が見えてきて、近づく前に周囲を念入りに窺う。どれほど気を遣ったとしても、野生の生き物なら人の気配は察知できるだろう。気づいて逃げてくれればいいけどと思いながら寄って行く。

およそ二メートル四方の簡素な小屋だ。板で囲んだものだから、朽ちている部分もある。片戸に鍵はないが、ぴたりと閉じられていた。動物が開け閉めできるとは思えないから、どこか別の侵入口があるのだろう。

貴衣子が戸に耳を当てる。

なにも音がしない。なにかが動くような気配もない。離れて首を傾げると、それを見た里志が代わりに戸に耳を当てた。首を振って、「いないんじゃないですか」という。貴衣子もそう思う。それでも一応、確かめる必要がある。

少し離れて互いに警棒を構える。貴衣子が懐中電灯を向け、横から里志が把手《とって》に手をかけ、イチニのサンで開ける。戸が開けられ、すかさず懐中電灯で奥を照らし、警棒で戸口を叩いて大きな音を立てた。なにか飛び出してくるかと、ささっとうしろへ飛び退《すさ》る。

少し待ってなにも起きないのを確認し、里志と共になかに入った。小屋の隅々を照らしながら、ゆっくり見て回る。

床面の板はまだちゃんとあって、その上に肥料のような袋やバケツ、鎌や芝刈り機、農具らしいものが置かれている。大きなクラフト紙の米袋もひとつ見える。なにか入っているのか三〇キロタイプのものがふくらんで横たわっていた。

「うわっ」「あっ」ほとんど同時に声を上げた。

米袋の端に光を当てたら、そこから人間の足が飛び出ていた。

14

左右に懐中電灯の灯りを散らすと、袋の表面のあちこちに血のようなものが滲んで見えた。

さすがに息が止まる。だが、ちゃんと確かめないで小屋を出る訳にはいかない。

貴衣子が素足の足首を押さえ、里志が米袋をゆっくり引っぱって外す。手袋の上から握るから冷たいのか温かいのかわからない。生死を確認するにしても袋から出さなくてはならない。

「ゆっくり引いて」

里志が喉を鳴らして、おずおず力を入れる。徐々に姿が現れる。

足の細さから女性だとすぐにわかった。膝の部分が縄できつく縛られていた。紺色のチェックのスカートが見え、白いブラウスが見えたところで、もしかしてと頭のなかを過るものがあった。すぐに現れた上半身を背中に手を回すようにして両手で抱える。ブラウスの首元に細いリボンが結ばれ、胸の上から同じ縄で固く縛られている。一度抱き上げるようにして体を抱え、里志が米袋を引き終わるのを待って静かに床に置いた。

黒くて長い髪に色白の肌、耳にピアス。小柄で平べったいほど細々した体つき。目は閉じられているが、唇が微かに開いていて、なかになにかが押し込められている。ゆっくり取り出すと丸めた白のソックスで、ところどころ血が滲み、唇の端も切れていたのか血が既に固まっている。頬やこめかみの辺りが青黒く染まり、激しく殴打された形跡があった。

宮前雫。

「雫っ」

里志が飛びつこうとするのを両手で押さえる。「救急車を呼んで」と大声で叫んだ。

主婦は頑として家から出てこようとしなかった。仕方なく、捜査員が家のなかまで入って聴き取りをする。

一転、農家の庭先は、まるで祭りのような明るさと騒ぎに覆われた。離れたところにある他の農家にも灯《とも》り、じっとこちらを窺っている様子が見える。

KEEP OUTのテープの内側で、貴衣子と里志は立ったまま待っていた。

鑑識が作業を始めると、樹々の奥から加納や村松が下りてきて、二人の側へと真っすぐ向かってくる。

ちらりと里志の様子を窺う。ちょっと前まで、動顛《どうてん》などという簡単な言葉では収まらないほどの狼狽《うろた》えようだった。雫を抱きかかえようとするあまり、貴衣子を突き飛ばしたり、子どものようにいつまでも名前を呼び続けた。救急隊員にすがりつくようにして救急車に乗り込もうとするのを必死で引き戻さねばならなかった。いくら叱り飛ばしてもウロウロと歩き回り、落ち着けと揺さぶっても正気に戻らないから、里志も病院へ連れて行った方がいいかと本気で迷ったほどだった。

雫のあんな姿を見たのだから当たり前かもしれないが、警察官なのだから、というような言葉は、この里志には通じないと思い、ただ、「大丈夫。息はあったから」とだけ繰り返した。

本署にいた全署員が集結したかのような騒ぎのなか、救急車が見えなくなってから徐々に里志の意識が現実へ戻り始めた。

「雫さんのことは医者に任せるしかない。わたし達が彼女のためにできることは、今の時点ではなにもないのよ。きちんと仕事を済ませれば、それだけ早く病院に、雫さんに会えることになる。いい？」

里志は赤くした目を貴衣子に向けて、「わかりました」と、存外にしっかりした声で返事をした。

加納が目の前にやって来て尋ねる。隣で村松が腕を組んで聞いていた。

だが、貴衣子らがいえることはそれほどない。苦情を受けて見に来たら、拘束され半死となった雫を見つけた。それ以外のことは、全て鑑識が見つけ出すだろう。

加納もそれはわかっているらしく、農家の主婦の話と齟齬がないのを確認すると、もういい、とだけいった。

村松に、「交番に戻っていいですか」と訊いてみる。小さく頷きながらも、加納に確認を取り、「ご苦労さん、あとで寄るかもしれない」と付け足した。それに敬礼で応え、里志と共にバイクへと近づく。

エンジンを掛け、立哨に来た同僚に挨拶をし、農道をゆっくり走って戻った。

交番に着くと係長の宇口が待っていた。椅子に座って、ヘルメットの上に顎を乗せた格好のまま、「なんだって、またお前らなんだろな－」という。里志は宇口の声が聞こえないかのように素通りし、奥の部屋を開け、執拗なほどに手を洗い始めた。

そのあとポットで湯を沸かし、湯飲みと急須を並べて宇口と貴衣子のためのお茶の支度をする。決まった作業をすることで落ち着こうとしているのか、冷蔵庫からペットボトルを取り出し、残りを一気に飲み干すと、ポットの側にパイプ椅子を置いて腰を下ろした。

そんな様子を宇口と二人で盗み見し、互いに視線を交わしたあと、それぞれ息を吐いた。

宇口が横目で里志を見ながらいう。

「宮前雫の意識はまだ戻らないようだが、差し迫った危険はひとまず脱したらしい。助かる見込みはあるそうだ」

そうなんですか、とほっと全身から力を抜く。思っていた以上に強張っていたらしく、あちこちの筋肉が動かすたび軋《きし》む。

「顔面だけでなく、体にも激しい暴行を受けていた。そのため内臓を傷め、内出血も酷かったらしい。もう少し発見が遅れていたら、どうなっていたかわからなかったそうだ」お手柄だったな、と宇口らしくないしんみりとした口調でいうのが、里志に聞こえただろうか。

目を向けると、里志が目を擦《こす》っている。奥の部屋にいてくれて良かったと思った。ぐりぐりと子どものように涙を拭うのを、たとえ夜中であれ通りすがりの人に見られる訳にはいかない。警察官が泣いていたら、市民は不安に思う。

結局、宇口は三十分ほど交番にいて、バイクで本署へと帰って行った。帰り際、貴衣子を外に呼び出し、「また、あれに捜査本部から呼び出しがかかるかもしれん。なにひとつ隠しごとはするなといっといてくれ」とだけいい置いた。

人も車もいない深夜の道路を黒いバイクが静かに走り去る。それを黙って見送りながら、誰が雫をあそこへ運んだのだろうと考えた。里志もその容疑を負う一人になる。

捜査本部が追っているのはファムを殺害した被疑者だ。

遺体のあった保養所を最後に、宮前雫の姿が消えたことから、遺棄現場に遭遇し、被疑者によって拉致されたものと推測された。雫がファムの件に関わっているのは間違いないし、その雫と親しい間柄の里志が疑われるのは当然だろう。

けれど里志は同じ交番に勤める貴衣子の相方だ。明らかな証拠を突きつけられるまで、その最後の最後まで、自分は里志を信じる側の人間として立っているべきだと思う。立っていてやりたいと思っている。雫の無残な姿を思い浮かべると、余計にその気持ちは強くなる。

雫は二十三日の夜までは、青野や女子高生らによって確認されている。そして、ファムの遺体が発見された翌日午後三時過ぎにはいなかった。市道にある防犯カメラに雫の姿はなく、どこか別のルートを使って山を下り、町に戻ったと思われる。

確か、農家の主婦は、一昨日、つまり二十五日の午前中、小屋に出向いたらなかから生きものの気配がしたといっていなかったか。その日は当務明けで、本来なら午前中には自由になるところ、捜査本部に呼び出されて昼過ぎまでかかり、里志はそのあとも貴衣子と一緒に食事をした。

だいたい里志が雫を襲うなどあり得ない。物理的に無理という話だけではない。雫を発見したときの里志の狼狽ぶりを見れば、誰だってそう思う。万が一、里志が事件となんらかの関わりを持っていたとしても、宮前雫に対する暴行だけは断じてない。但し、それは側で見ていた貴衣子だからわかったことで、他の警察官や捜査本部にとっては、なんの証にもならない。

再び、人気のない道に信号だけが几帳面《きちょうめん》に色を変えるのを眺め、思考を巡らす。

ファムを殺害したのは、恐らく偽変造カードの一味だろう。一人若《も》しくは複数の仲間がいて、アパートの部屋でパソコンやラミネーターを使って作製し、お金を稼いでいた。在留カードについてはひと通りの研修しか受けていないが、カード作製にどれほどの報酬が得られるものだろう。加納がいったように、よく見ればおかしいと気づかれる程度のカードだ。偽造パスポートや戸籍の売り買いと違って、それほど需要があるようにも、大きな稼ぎになるようにも思えない。なにより、カードを偽変造したいと望むのは、日本に来る技能実習生や留学生だ。元々、お金を稼ぎたくて無理をして日本にやって来た人間が、たとえ滞在期間を延ばしたり、失踪して別の居場所を見つけるためにカードを偽変造するとしても、そのために多額の代金を支払うとは思えない。ただ、ネットの裏サイトを使って募集し、大量に扱っていたとすれば、単価が安くてもいい商売になっただろう。

どちらにしてもアルバイトなのだ。段ボールの会社には真面目に勤めていたようだから、ファムのお洒落を満足させ、残業しなくてもいい程度の小遣い稼ぎではなかったのか。そう考えると共犯者は一人がせいぜいだろう。ファムの身近にいる者で考えたなら、まずアパートの住人が怪しい。捜査本部は恐らく、その辺を周到に調べている筈だ。

けれど、と貴衣子は思う。

少なくとも留学生のナディートや実習生のソーンが、そんなことに加担しているとは思えない。もしそうなら、ファムが無愛想だとか、不審な行動を取るとか証言しないのではないか。

今では外国人が当たり前のように周囲にいて、日本人と同じ暮らしをしている。言葉の障害もあるだろうし、文化の違いもあるから、なかなか日本人同士ほどには親密になれない気がする。警察官である自分も、やはりアジアンアパートに対しては、必要以上の警戒心を抱いてしまう。

そんな風に思ってしまうことへの引け目からか、農家に嫁いできたジャカルタ女性のアウラへと思いが流れる。留学生らと違って、一生をこの日本で暮らそうと決意してやって来た人だ。そんな覚悟を持って来たのに、同じ土地に暮らす日本人と親しく交われないとしたらこんなに寂しく辛いことはないだろう。少なくとも夫や家族はそうではない、朝市で見かけた笑顔は心からのものだと思いたい。

その後、里志と交代で眠れないなりに短い休憩を取り、二人で夜間警らに回った。本来なら自転車で路地や迷路のような小道を行くのだが、ひったくり犯はバイクに乗っているからいざというときのためにバイク警らにする。午後六時に一度犯行を犯しているから、再び現れるとは思えないが、見込み捜査で警戒を端折《はしょ》る訳にはいかない。

時計を見る。もうすぐ夜が明ける。

十月二十八日、当務明けの土曜日。

前日が昼出勤だったから、帰署は午後近くになるのだが、朝になったら捜査本部に来るようにいわれた。

本署に戻るころには、里志の全身から普段と同じ冷ややかさが滲み出ていた。ほとんど休みなく働いたことで、逆に神経が研ぎ澄まされ、開き直りのような落ち着きを持ち得たようだ。

捜査本部の方でも、またかという雰囲気を漂わせているのには苦笑せざるを得なかったが、村松さえ近づいてこないのにはがっかりした。

久保田捜査員に促され、簡単な調書を取られる。

里志は宮前雫を発見するに至った経緯をしつこく訊かれたが、今度は倦むような態度は見せなかった。貴衣子も離れたところで、ひと通り話を訊かれる。終わりかけたころ、ようやく村松が寄って来て、「二十四日の火曜から水曜にかけての当務のとき、ずっと澤田と一緒だったんだよな」と訊いてきた。

「もちろんです」頷きながら、農家の主婦が水曜日の午前にあの小屋に気配を感じたのなら、里志が雫を運ぶ暇はなかったことに気づいてくれているのかと期待した。だが、村松の目はすいと逸れ、貴衣子は不審げに眉根を寄せた。

「当務に就く前、つまりファムが殺害された二十三日夜から翌火曜、本署に出勤するまでのあいだは、澤田にアリバイはないよな。宮前を見つけた農家の主婦は、水曜日の午前に気配を感じたといったが、それは単に彼女が気づいたときの話で、もしかするともっと前から宮前はあの小屋に監禁されていた可能性もある」

「あ」と思わず口が開いた。ファムの遺体が青野の保養所に運ばれたあと、出勤するまでのあいだに里志が雫を拉致することは可能になる。村松はそういいたいのだ。

そうと知って貴衣子は狼狽える。

顔色を変えた貴衣子を見て、村松が気の毒そうにこめかみを掻く。

「いや、澤田を疑っていたら捜一はこんなもんじゃない。とっくに取調室に連れ込んでいる」

「え」

「宮前雫が火曜日の昼過ぎまで保養所にいたことは、ほぼ確認されている。だから、澤田は少なくとも宮前の拉致監禁には直接、関わっていない」

唖然とする貴衣子の表情を見て、村松は意地悪くほくそ笑む。

「あのお嬢さん、ご丁寧に眠剤まで使っていた。そのせいで昼近くまで寝ていたらしい」

「どうしてそれが?」

「バイトを頼んだ女子高生のもう一人の子を見つけたんだ。その子の話では撮影をした翌日、雫と携帯電話でメッセージのやり取りをしたらしい。眠剤で寝過ごしたと、昼過ぎに返信があったといった」

「でも、それだけでは」

「だけどな、もし、ファムを見つけたあとだったり、拉致されようかというとき、そんな暢気な文句は送らないだろう」

「それは拉致した犯人が」

「いや、そのメッセージは確かに雫からのものだったという。雫が普段使ういい回しがあった。語尾に、なんだ？　なんとかユウッチ？　だったか、それが付いていた。翌日の授業や教師のことも短くやり取りしているが齟齬はなかった。だいたい、雫が昼まであそこにいたことを偽証する必要性がない」

「うーん」

短く唸《うな》るが、村松にしてみれば、これで里志の容疑も晴れたと思うらしく笑顔を見せる。

ひとまず里志は解放されることになった。共に捜査本部を出て、地域課に向かう。途中、階段を勢い良く上がってくる捜査員とすれ違った。駆け込んで行った講堂の方を一度振り返ったあと、里志に訊いてみた。

「病院に行くつもり？」

考えるように目を伏せ、すがるような顔つきで貴衣子を見返した。

「行ってもいいでしょうか」

「どうだろう。向こうもご両親が来られているでしょうし。ひょっとしたら捜査員の誰かが警護についているかもしれない」

「駄目ですか」

「そうね」

なんとかできないかと考えていると、廊下が急に慌ただしくなった。目を向けると、久保田を先頭に捜査員らが硬い表情のまま足早にやって来る。

貴衣子が、え、と思っている間もなく、目の前で里志が囲まれた。

「澤田、ちょっと捜査本部まで戻れ」

「え、どうしてです？」

「どうしてもだ。向こうで説明する」

貴衣子が取り囲む輪を押し開きながら、「なんですか。どういうことですか」と声を上げた。里志の白い顔が青く引きつってゆくのが見える。

遅れて廊下の先から加納が現れ、「新しく出た物証について澤田に確認したいことができた。浦主任、こいつの帯革を外して預かってくれ」という。そして久保田らに、里志の腕に手をかけるよう目で合図した。それを見て貴衣子がむっと口を引き結び、肩をいからせたところに、地域課の部屋から宇口らが飛び出してきた。加納と話を始め、やがて宇口が貴衣子に充血した目を向けると、「澤田の拳銃を預かる。このまま主任のも一緒に保管庫に収めに行こう」といった。里志が茫然《ぼうぜん》としながら貴衣子を見つめ返すが、かける言葉が出てこない。いわれるまま拳銃などを外して離れると、捜査員らに背を押されて里志が廊下を歩いて行った。

貴衣子は宇口を振り返って、唾を飛ばした。

「係長、なんですかあれは。いくら捜査本部だからってあんまりな態度ですよ。地域課であろうと同じ警察官じゃないですか、それを」

捜一の有無をいわせぬ態度には頭にくる。

「待て待て。浦主任の気持ちはわかる。俺らだって、地域課員を軽んじるなといいたい。だがな」と宇口は保管庫の鍵を手にしながら首を振った。

「農家の小屋近くで採取された証拠物が、澤田に関連するもののようなんだ」

「そんな、まさか」

たった今、村松から、里志には雫を拉致する暇はなかった、容疑は晴れたといわれたばかりではないか。雫と女子高生のメッセージのやり取りはやはり偽物だったというのか。

そういえば、先ほど捜査員が講堂に駆け込むのとすれ違った。鑑識からの報告が上がったのだ。雫が監禁されていた小屋にどんな痕跡があったのか、里志に繋がるどんな物的証拠が残っていたのか。

宇口が保管庫のドアを開け、貴衣子に入るよう促す。見慣れた係長の顔をじっと見つめ、貴衣子は一歩後ろに下がった。宇口が不審そうに首を傾げる。

「どうした、浦主任」

「係長」貴衣子は全身で息を吐き出した。「このまま、日勤に就きます」

「なに？　浦主任、なにいってる」

「構いませんよね。ひったくり犯も捕まっていない緊急事態なんです。引き続き勤務に就くことを志願します」

　里志が被疑者だとはっきり決まった訳ではない。それなら、貴衣子は今もまだ、里志を信じる側に立っていることになる。

「な」と宇口は目を見開いて絶句するが、すぐに呆れたように首を振る。掌で顔を拭おうとして里志の拳銃を持っていることに気づき、慌てて保管庫のなかの棚に置く。

「なにもそこまでしなくても。澤田が無実なら、いずれはっきりする」

「そうかもしれませんが、じっとしている訳にはいきません。このまま当務明けで署を離れても、わたしは私服で捜査まがいの行動を取ってしまいますよ。そうなれば、また上からお叱りを受けることになりますが、それでもいいんですか」

「あ、あー」と両手で顔を拭う。「上司に対してそういう脅迫じみたことをいうなよ。しようがないなぁ」

　貴衣子がにっと笑うと、宇口は子どものように口をすぼめる。

「勤務は日勤。交番は栗谷交番。3係の係長には引き継いでおく。箱には一回は顔を出しといてくれ。それと」

「はい」

「無茶はするなよ」

「了解」

貴衣子はさっと身を翻した。ポケットからバイクのキーを取り出しながら駐車場に向かう。後ろから、不安そうな宇口の声が聞こえた。

「ちゃんと夕方には戻れよなー」

15

地域課用の黒のスーパーカブにも、九〇ccと一一〇ccの二種類がある。貴衣子と里志は九〇に乗っていて、もちろん後部に人を乗せることも可能だ。けれど、警察学校で初めて免許を取った里志が、後ろに人一人の重さを乗せて走行できるとは思えない。

現場に里志に繋がる物証があったということだが、一体、どうやって雫をあの山の小屋まで運んだというのだろう。無理やり運べないのなら、雫は自ら出向いたと考えているのかもしれない。小屋に誘い出され、被害に遭った。現場にそれを示すなにかがあり、同時にそれは里志に関連するものということなのか。そんなことをつらつら考えていたから、あやうく一旦停止を行き過ぎそうになった。急ブレーキを掛けたら、横から出てきた赤いバイクが驚いたように停まった。

「お巡りさんか、びっくりしたなぁ」

「ゴメン、わたしが違反したら洒落になんないわよね」

あはは、と郵便配達員が屈託なく笑った。青野の保養所がおかしいと教えてくれた配達員で、確か名前は国井葉介だ。せっかく会ったのだから、ちょっと話を訊いてみようと路肩に誘う。向こうも配達の途中で無理はできない筈だが、陽に焼けた顔に白い歯を見せて、いいですよと気軽に応じてくれた。

「なにも見ませんでしたよ」

国井は、青野の保養所に配達に行った行き帰りに不審なものは見なかったかと尋ねたことに、じっくり考えて答えた。

「あそこはご存知のように、市道から横道を入って真っすぐの突き当たりじゃないですか。両側は林だし、なんかが動いたとしても狸かなと思うくらいで気にしないですから」

「市道を走っているとき、バイクとか車は見かけなかった?」

「バイクですか？　あの通りは午後は空《す》いてますからね。うーん、何台かとはすれ違ったとは思うけど、あの横道から出てくるのはなかったと思います」

「保養所の周辺で変な音とか」

「いやあ、こんな季節だから大概の木の葉っぱは落ちて枯れ葉でいっぱいだから、誰かが歩いていたりしたら聞こえたとは思うんですけど」

「そうよね」

「まだ犯人は見つからないんですね。もしかして、ひったくり犯が犯人ですか」

「え」思いもかけないことをいわれて、なるほど、と考える。一般人からすれば、ひったくりが発生して、殺人事件まで起きたのだ。その二つになにか関係あるのではと思うだろう。そういえば、昨夜はひったくりと雫の発見が重なった。

「配達に行ったら、向こうの農家の辺りにお巡りさんがいっぱいいましたよ。なにがあったんですか」

狸を追い出してくれといった主婦の顔が思い浮かんだ。自分の小屋に、少女が半死半生で閉じ込められていたのだ。動物が鳴いていると思った声が、少女が助けを求めて呻《うめ》いた声だと知って、大いにショックを受けただろう。あとで様子を見に行こうと思う。

国井と話したことで、考えもしなかった発想に気づかされた。貴衣子らにすれば殺人とひったくりは別物という意識がある。犯人像に類似性を感じられないからだ。初手から別々の案件と考える。

だが、果たしてそれが正しいことだろうか。人の精神のあり様など、完璧に推し量れるものではない。様々な事案例から統計を出すことはできるが、それが絶対というものではない。

国井の視線を感じて、慌てて意識を戻す。

農家の裏山から怪我をした女性が発見されたのだと教えた。まだ朝刊には掲載されていないだろうが、ネットでは簡単な一報が既に流れている。配達員は眉をひそめて、そうだったんですか、なんだか怖いですね、と呟く。

「その女の子が亡くなったりしたら殺人事件ですね。二件も起きたことになる。この栗谷で信じられない事態ですよ」

正にそうだ。ほんの五日程前までは、静かでのどかな町だったのだ。殺人など余所の町の話だった。

「本当にそうね。でも、必ず犯人は逮捕する」

「ええ、頼みますよ。それじゃ。あれ?」

国井の視線の先を見ると、同じバイクに乗った警察官二人がこちらへ走って来る。貴衣子に気づいて片手を挙げ、スピードを落とした。国井が、それじゃというのを、うわの空で聞き、同僚を注視した。地域課3係で、別の交番に配置されている日勤勤務員の二人だ。

「どうしました」

「おい、ひったくり犯がわかったぞ」

「え」

「今、刑事課が確保に向かった。俺らも応援に行く」

「誰だったんですか。どこの」

バイクに乗ったまま、主任が体を伸ばして貴衣子の耳元へ口を寄せた。短く囁き、そしてすぐに二人は走り出した。

そんな。

貴衣子は茫然《ぼうぜん》としながら、頭の隅にひとつの笑顔を思い浮かべた。その笑顔を振り払うように、バイクで走り出した。


開放された景色だった。

どこにいても、どこまでも見える。そんな風景のなかで騒ぎは起きていた。

貴衣子は手前の農道にバイクを停めた。既に、捜査の車は道の前後を塞ぐように停まり、活動服姿はもちろん、私服の捜査員らがばらばらと取り囲んでいた。遠目ではあるが、羽鳥西の刑事課盗犯係の人であることがわかった。他にも応援なのか、盗犯以外の面子がちらほら見える。

女の高い声が放たれた。遮《さえぎ》るもののない田畑のなか、その声は孤独な鳥の囀《さえず》りのように遠くまで響き渡った。

人だかりを凝視すると、畑の真ん中で捜査員に取り押さえられている男の姿が見えた。倒れ込んでいたのを引っ張り上げられている。囲む捜査員より頭ひとつ抜けている姿から、その身長の高さに改めて気づく。

悲鳴を上げながら一人の女性が囲みを押しのけ、男にすがりつこうとした。すぐに払いのけられ、畑の土に伏す。また起き上がり、すがりつく。泣いているのか、声が徐々に湿った色を帯びてくる。今度は捜査員の腕を引っぱるが、振り払われ、後ろへと大きくよろめいた。

貴衣子はそんなアウラを見つめた。手錠をかけられた男は、捜査の車へ押し込まれるようにして乗せられた。すぐに赤色灯を回しながら車が走り出し、残った捜査員が少し先の農家へと向かうのが見えた。家の前では、年老いた夫婦が今にも倒れそうになりながら、二人で支え合うようにしてやっと立っていた。

腰が抜けたようにアウラが畑の真ん中で座り込んだ。そして天を仰ぐようにして泣き叫び始めた。両手が土で真っ黒になっているのが見えた。

ひったくり犯は専業農家の男で、アウラの夫だった。


栗谷交番に顔を出したが、今日の本来の日勤勤務員である3係の二人はいなかった。恐らく、アウラの家に向かってそのまま周囲を警戒しているのだろう。

パイプ椅子を出すなり、力が抜けたように座り込む。

畑に突っ伏して泣いていたアウラの姿が目にちらつく。捕らわれた夫を捜査員から奪い返そうと人目もはばからず暴れた。二人はいい夫婦だったのだと知った。

なぜ、アウラの夫はひったくりなど犯したのだろう。昨夜見かけたアウラの格好と面接という言葉が、その疑問を埋めようと頭のなかで蠢いた。

恐らく、アウラは家計を助けるために働きに出ようとしていた。

週一の朝市でしか会うことはなかったが、重いコンテナを運ぶのを苦にしているようには見えなかった。働き者だったのだ。だが、せっかく遠い国からもらった嫁に苦労をさせることに、日本人である夫は忸怩《じくじ》たる思いを抱いていたのかもしれない。歳が離れていることに負い目もあったのか。

アウラを労り、守らねばならない、だが生活は苦しくなる一方。その挙句が、ひったくりだったのだろうか。そしてアウラはそのことに気づいていたのではないか。だから、貴衣子らが免停中のバイク男を捕まえた現場で、息をつめるようにして様子を窺っていた。あれは、もしや自分の夫ではないかと疑い、恐れおののいている姿だったのだ。

今、交番で知り得ることは少ない。なにもかも想像に過ぎない。だが、どんな想像をしたところで、あの泣き伏すアウラの姿からは、哀しい現実しか浮かび上がってこないのだと気づく。

戸口に影が差して、慌てて背筋を伸ばした。

若い外国人の顔がちらりと見え、立ち上がって近寄る。外に出ると、二人の背の高いアジア系の男性が、貴衣子に視線を流しながらもどうしようかと迷う素振りで立っていた。

「どうしました？　なにか困りごと？　日本語、わかりますか」

互いの顔を見合わせ、心を決めたのか一人がちょっと近づき、大きな目を向けてきた。

「ハイ、少し。訊きたいこと、アリマス」

「なんでしょう」

もう一度、二人は顔を見合わせ、小さく頷く。

「外国人、インドネシア人、警察にツカマタって聞きました。ホントですか」

ああ、と思い、首を振った。

「いいえ。外国人の方の夫、夫わかる？　その方は日本人で、あることで訊きたい話があって警察に行ってもらいました。詳しいことはわかりません」

一人がハズバンド、と呟くのを聞いて、貴衣子は頷いた。

「あなた方はその奥さんの知り合い？　友だちなの？」

二人は揃って頷く。

「アウラさんとは、時どき話シマス。イイ人で、作った野菜、分けてくれマス」

素直にアウラの名が出てきて、はっと気づいた。

「あなた方もジャカルタの人？　もしかして、あのアパートに住んでいる？」

「ジャカルタではアリマセン。でも、インドネシアです。アジアンアパートに住みマス、ギノージッシュウセイ」

そうだった。思わず二人の顔を睨みつけるように見つめた。

去年の巡回連絡でファム以外の住人とは顔を合わせたが、全員を見覚えている訳ではない。二階のひと部屋に確かに、インドネシア人が二人住んでいた。そして、今は新しくきたベトナム人のソーンが加わって三人で暮らしている。

同国人同士は、仲がいい。見知らぬ国で心細く暮らすのだから、立場が違っても同じ町内にいれば、自《おの》ずと距離が近づき、いずれ顔を合わせることになる。

いつだったか、毎週火曜に行われる朝市の帰り、アウラが歩道で立ち話をしているのを見かけた。じっと見て、確かにこの二人だったと納得する。売れ残った野菜を譲ってあげるほど、親しくしていたのだ。アウラは時折、この二人と母国語で他愛《たわい》のないお喋りをすることで、つかの間の安らぎを得ていたのかもしれない。

そんなアウラの姿に夫が気づいていたとしたら。歳の近い同国人の青年とアウラが笑みを交わしているのを見て、妬心《としん》を抱いたのではないだろうか。自分との年齢差や生活の苦労などから、妻を失うのではという不安にかられた。せめてアウラが外に働きに行かなくていいようにと、少しでも金銭を得ようと思いつめた。それが間違った方向へと歪んだ舵《かじ》を切らせた。

畑で甲高《かんだか》く泣くアウラの姿を見れば、共に苦労することに少しの厭いもなかったとわかる。言葉の行き違いだけではない見えない溝を思い、それがこんな形で露呈したことに、貴衣子は肩を落とすしかない。

昼には今日の当務員である1係がやって来るだろうし、日勤勤務員も農家の捜索が終われば戻ってくる。それまでは一人きりだ。遠慮なく座り、背にある疲労を少しだけ下ろさせてもらおう。ただ、寛《くつろ》ぐ姿を見咎められてもいけないから、形だけでもと奥の部屋からパソコンを持ち出し、警ら日誌などを繰ってみる。

昨夜のひったくり事案やそれに対応して貴衣子らが配備に向かい、その途上、免停中のバイク男を捕まえたことなどが丁寧に書き込まれている。里志は今、どんな疑惑を抱かれ、なんの容疑で調べを受けているのだろう。地域課員が捜一から調べを受けているというだけでダメージは大きい。

考えても仕方がないと、パソコンを閉じた。机のなかにしまおうと、引き出しを開ける。ちょっとした文房具程度のものが置かれていて、見慣れぬボールペンを見つけて手に取った。小学生が使うようなキャラクターもので、同じものが何本かある。

エンジン音がして、二人の当務員が顔を出した。

「お疲れさまです」

貴衣子が今日、特別に日勤勤務をすることは既に聞いているらしく、若い巡査はすぐに奥の部屋に入り、お茶の支度を始めた。子煩悩な主任が側の椅子に座って貴衣子に声をかける。

「やっと捕まりましたね」

ひったくり犯のことを本署で少しは耳にしてきたようだった。刑事課は捜査本部に吸い上げられて人手がなく、生安の係長までもが証拠品の照合に駆り出されているらしい。

「防犯カメラに、バイクのナンバーがちょっと見えていたようですよ」

「そうだったの」

「昨夜のひったくりは、時間が早かったじゃないですか。そのせいで、人目を避けることに必死で防犯カメラのことを忘れていたらしい」

「……………」

昨日だけ、時間が早かった。トレンチコートにスーツ姿のアウラが脳裏に浮かんだ。昨日は、アウラの面接の日だった。普段、家にいる時間に彼女はいなかった。これまでは深夜、寝静まるのを待っていたのが、昨日ばかりはその必要がなかったのだ。そのことを主任に話し、刑事課に伝えておいた方がいいだろうかと相談してみる。

主任は、貴衣子を見て困ったように笑う。

「珍しいですね。浦主任がそんな迷うようなことをいうのは。そういうときは即断で報告しているでしょう。相方の澤田が気になりますか。まあ、なりますよね、普通」

しまったなぁ、という顔をして笑うしかない。里志のことが念頭にあるから、刑事課がからむことは、どんなことであれ障りにならないかと、つい考え過ぎてしまう。自分があたふたしてどうする、もっと落ち着けと胸のなかで叱咤《しった》する。

巡査が、湯飲みを持って奥からやって来た。そして、貴衣子がボールペンを手で弄ぶようにしているのを見つけて、それ澤田のですよね、といった。

「あ、そうなの？」

やっぱり子どもじみていると苦笑いする。こんなペンを普通、交番の机のなかにしまっておくだろうか。不要だからと置いていったのか。

「それ、好きらしいっすよ」

「なんのキャラクター？」と横から主任もしげしげと見る。子どもがいるから多少とも詳しいのだろう。

「僕も知らないんですけど、昔流行《はや》ったアニメらしくて。なんでも普段は冴えない探偵で、難事件が起きると変身して、強くて推理力抜群のヒーローになるとか」

貴衣子と主任は思わず顔を見合わせた。

そのボールペンを胸のポケットに差し入れ、貴衣子は立ち上がった。

今日は土曜日だ。やはりどうかしている。普通ならさっきのインドネシア人の二人を見たとき、すぐに思い至っただろう。技能実習生の二人が昼前にやって来たということは今日が土曜だからだ。休日手当を稼ぐために働く人は多いだろうが、休みをとってアパートで過ごす人もいる。少しでも話を聞くことができるかもしれない。

「ちょっと警らに行ってきます」

若い巡査がぎょっとする。貴衣子が変則勤務を申し出たことで、なにかするのではと案じていたらしい。主任の方は、平然とした様子でお茶をひと口飲むと、貴衣子を見上げていった。

「なんかあったら一報願います。それと夕方にはちゃんと戻ってください」

16

バイクをアパートの前の敷地に停めて、ヘルメットを活動帽に替えた。

順番に部屋を訪ねて行ったが、結局、会えたのは一〇一号室に住む三人の留学生のうちの一人だけだった。少し前に会った二〇三号室の二人のインドネシア人も戻っていなかった。

けれど、その一人から聞いた話は、貴衣子に小さな疑問を抱かせた。

一〇一号室の三人のうちの一人はナディートで、事件後、一度会っている。残り二人のうちの一人が、アパートで寛いでいた。巡回連絡カードの内容変更の有無、在留カードの確認をしながら話をした。

殺害されたファムのことへと矛先《ほこさき》を向け、付き合いはあったのかと尋ねる。

留学生は首を振るだけで目も合わせない。疑われてはいけないという気持ちがあるのだろう、貴衣子は慎重に言葉を選ぶ。二階にいるソーンさんとファムは親しかったようだが、あなたにも親切にしてくれたのかというと、ようやく反応した。

十九歳で専門学校に通うというタイからの留学生は、整った顔をあからさまに歪ませる。しつこく訊いてみると、どうやらアパートの前で殴られたことがあるらしい。

「ファムに？　どうして？」と問うと、激しく首を振った。

「ナニモシテナイ。洗濯モノ、拾い、近くイッタダケ」

ファムの部屋は、道路側からすれば一番奥にあり、留学生らの住む部屋とのあいだに空き部屋がひとつある。そんな学生が、近づいたから過剰反応したのだろう。密かに犯罪を行っている者には、風の音さえ気に障る。

「他の人はみんなアルバイト？」

そう、と留学生はごく当たり前のように頷いた。そして、忙しいといってドアを閉めた。

最後まで、一度も貴衣子と目を合わせることはなかった。

たったそれだけだった。それでも、あのアパートではファムは異端者だったという印象を強くした。そして、想像以上にファムの精神が不安定だったことも。

三時過ぎ、アジアンアパートから、今度は青野の保養所を目指し、バイクを駆った。市道から横道に入り、少し行くと鋳物製門扉が見える。まだ、ＫＥＥＰ　ＯＵＴのテープは張られているが、立哨に就く警察官はいなかった。遺体を発見した日に張ったテープより、更に延びて保養所の周囲の林までも取り囲むようになっている。

市道の防犯カメラに、犯行時刻から遺体を運んだと思われる時刻まで、怪しむべき人や車が映っていなかったことから、林のなかを抜けて保養所に上がってきたと考え、周囲一帯を鑑識捜索したのだ。だが、この辺りは落葉樹ばかりで、多くの踏み荒らされた痕跡はあったとしても、枯れ葉が地面を覆い尽くしているから、目ぼしい足跡は採取できなかったかもしれない。

青野の保養所がアダルト動画を撮影する場所でなければ、カメラも据えられただろうし、誰もが正規の道を上がっただろう。山のなかにある建物だから、整備された道以外のルートは険しい。そんなところへ、わざわざファムの遺体を運んだのだ。山を目指したのは人目につきたくなかったからだろうから、納得できる。だが、適当なところに遺棄すれば良かったのにわざわざ保養所のなかに置いた。

そこで発見されれば当然のことながら、青野の保養所が捜索され、全てが明るみに出る。遺体を運んだのはそのためなのか。ファムを殺害し、遺体を運んだ人物は青野を憎み、青野のしていることを止めさせたいと思っていたのか。

再び、里志の顔が思い浮かぶが、貴衣子は振り払う。

胸にあるボールペンを手に取って、芯を何度も出し入れする。小さな音が静かな山中に響き、じっと耳を傾けた。ここは静かだ。稲刈りの終わった茫漠《ぼうばく》とした田畑とはまた違う音の広がりがある。

保養所の二階を見上げた。

宮前雫は火曜日、昼過ぎにようやく目を覚ました。そのことは同級生からのメッセージを読んで、返信したことを根拠としている。村松はそれが本物だと確信している風だった。貴衣子も村松を信じることにする。雫は午後までここにいた。

そうなると雫が被疑者と出くわし、そのせいで拉致された可能性は薄くなる。ファムの死亡推定時刻が前夜十一時から午前二時のあいだだから、その後、遺体が保養所に担ぎ込まれたとしても、被疑者が昼過ぎまでここに居座る理由がないからだ。恐らく、深夜に運び込まれただろうが、雫は眠剤を飲んでいたので全く気づかなかったのだ。

そして、遺体を運んだ犯人も、誰かが保養所にいるとは思わなかったのだろう。めったに人が来ず、空き家同然だということを知る人はいたし、たとえ知っていなくとも保養所の庭の様子を見れば放ったらかしであるのは一目瞭然だ。玄関の鍵は閉まっていたかもしれないが、横の窓は開いていたのではないか。そこから侵入し、玄関を開け、ファムをリビングルームへ運び入れた。そして、玄関から出て行った。

昼過ぎに起きた雫はどうしただろう。着替えて、顔を洗い、髪を梳《す》いて一階へ下りた。食べ物らしいものはなにもなかったから、お腹がすいていただろう。いや、あんなに細い小柄な体だから一日くらい食べなくても平気なのかもしれない。でも、喉は渇くだろう。二階の寝室に飲み物はなかった。一階のリビングルームには酒もあったし、ペットボトルもあった。誰もいないと思って部屋に入り、そしてファムを見つけたのではないか。

雫は、遺体を見てどうしたか。当然、驚いた。怖くなった。人との交わりを拒んでいる女子高生でも、さすがに死体を見れば驚愕《きょうがく》する筈だ。普通なら警察に通報するだろう。だが、雫はアダルト動画に関わっていたからそれはできなかった。だとしたら逃げ出したか。

玄関から出て、保養所の前の道をそのまま走って市道に出るのが一番早い。でも、それなら雫の姿は市道のカメラに捉えられている筈だ。そんな姿はなかった。カメラや人目を避けるため、門からフェンス沿いに木立のなかを抜けたのか。だが、慌てているのに歩きにくい道を選ぶだろうか。死体を見た少女に、そんな面倒なことをするだけの冷静さが持てるだろうか。

なら、どうする。

冷たい風が過り、枯れ木の揺れる音がした。乾いた音に誘われるように、雫の同級生の言葉が耳の奥で広がった。雫には恋人がいた。

あれは本当の話だったのではないか。親も学校も頼らない十七歳の少女が、唯一、すがることのできる相手として、恋人の存在はあり得るように思う。雫に助けを求められたなら、その恋人はこの保養所にやって来るのではないか。もしそうなら、貴衣子らが保養所を訪ねる以前、つまり平日の昼ということになる。普通なら仕事をしている最中だろう。

雫はその恋人と共に逃げたのだろうか。いや、連れ去られたのか。

風がまた林のなかを駆け抜けた。

枯れ葉が軋んだ音を立て、風が止むと同時にさっきよりも深い静寂が落ちた。

雫が午後三時より前にあの保養所を離れたのは間違いない。そしてあの農家の小屋へと運ばれた。昼日中に、少女を連れてあの遮るもののない田畑の道を行けば、誰かの目に留まる。夜になるのを待って向かったのだろうか。

いや、そうじゃない。やはり、すぐに運んだのだ。

頭に突き刺さるように、ひとつのフレーズが浮かんだ。

『みんなが知っている仕事で、制服の似合う』

貴衣子は、携帯電話を取り出した。

すぐに村松は応答した。里志の取り調べにはついていないのだろうか。同じ所轄員だからと排除されたのかと訝しみながらも口には出さず、用件を持ち出した。

「青野の保養所にか？」と村松。

「はい。遺体が発見された火曜日、保養所を捜索されましたよね。玄関や郵便受け、その周辺にありませんでしたか」

「そんなものは見つかっていない」

押収品目録を調べるまでもないといい切る。薄くて小さなものだから、どこかに紛れたり、隠れてしまったかもしれない。けれど村松は、たとえ一片の薄い紙切れであれ、鑑識は見落とすことはないと貴衣子の疑いを言下に否定した。

「わかりました」

「で？　それで、そのことがどういう意味を持つんだ、浦主任」

訊くだけでは済まされない。貴衣子は再び、自分の考えを話す。

誰にも怪しまれない、制服の人とは。

昼間に仕事を抜けて出てきたのではない。仕事の延長で、誰にも見咎められることなく、山中の保養所までやって来られた。そして、見通しのいい場所であっても、誰の目に触れたとしても、なんの違和感も持たれず、普段の光景として見過ごされる人間。

　更にいえば、大きな荷物を運べるだけの入れ物を常に携《たずさ》えている。

　そこまでいっても村松から驚く声はなく、鼻から息を吐き出す音だけが聞こえた。捜査本部も貴衣子と同じ人物に疑惑の目を向け始めていることを知った。

「お宅の僕ちゃんを取り調べることになったのは、小屋の近くからバイクの轍《わだち》が発見されたからだ。ミニバイクのものでなく、カブのものだった。しかも停めたと思われる場所に、重い物を置いて引きずった痕跡が残っていたから、澤田を引っ張らない訳にはいかなかったんだよ。ただ、タイヤ痕ははっきりしたものでなく、車種の特定が遅れていたが今さっき鑑識から詳しいことを知らされた。そのタイヤを使用したカブには、一般には使われていないものが含まれていることがわかった」

「ああ」

　特別仕様、ホンダのMDシリーズ。

　貴衣子は礼をいって電話を切りかける。

　村松は最後に、「今、ヤツの所在を確認している」とだけいった。

　貴衣子はバイクにまたがり、県道を駆け抜けた。信号待ちしたとき時計を見て、今時分ならどの辺りにいるだろうかと考える。

捜査本部も今ごろは、重要参考人として総出で捜しているだろう。応援を要請された訳ではないから、一介の地域課員が勝手な真似はできない。それでも、地域の治安を守る交番員として、凶悪な犯罪者が今このときも町中を走り回っているかもしれないと思うと、吐き気がするほどの焦りを感じる。里志の疑いを完全に晴らすためにも、一刻も早く見つけなくてはならない。自分なら同じ地域を受け持つ者として、およその見当はつけられる。大きく胸を上下させ、グリップを強く握った。居場所がわかったならすぐに報告すればいい。貴衣子はそう自分自身にいい聞かせ、ハンドルを切った。

住宅街を抜け、栗谷交番の近くの商店街の東側を走る。更に、市道を走って、小学校の近くまで来たとき、赤い色が目の端を過った。貴衣子はすぐにバイクを返し、消えた角を曲がる。

特別仕様の赤いバイクに乗った後ろ姿が見えた。一軒の家の前で停車し、降りてインターホンを鳴らす。すぐに家人が出てきて応対し、またバイクの方へと戻る。

貴衣子は離れたところで自分のバイクを停めた。まずは、本署に連絡だ。そう思って無線機に手をかけたとき、バイクにまたがった拍子にミラーに映る貴衣子の姿を捉えたのだろう、さっと振り返った。

取り繕う間もなく、その顔とまともにぶつかった。動揺した表情を見られたと思った。

けれど、郵便配達員、国井葉介は貴衣子に笑いかけ、会釈するとまた背を向けた。

17

一瞬のことだったが、疑いを持たれたと思った。

このまま行かせる訳にはいかない。出しゃばったことをした上、察知されて逃走を図られたなら、捜査本部からどやしつけられるだけでは済まないだろう。

貴衣子は覚悟を決めて大声を張った。

「国井さん！」

走り出そうとしていた背が一瞬、電流を帯びたように跳ねた。

「良かった、ここで会えて。もうひとつ訊きたいことがあったのよ」

そのまま無視して行くかと思ったが、国井はゆっくり振り返り、「なんですか」と訊いてきた。

貴衣子はバイクを降り、歩き出す。ヘルメットの顎ベルトに手をやり、留め具を外す。

自分は間違っている、こんな真似するべきじゃない、と頭の隅で唸る声が聞こえる。

「ひったくり犯、捕まったそうですね」

バイクにまたがったまま、国井がしみじみとした顔でいう。

「そうなのよ」

「これで、殺人事件も解決するといいですね」

「ええ」

「で、なんです？　訊きたいことって」

「あの日、国井さんが青野さんの保養所に配達に行ったときね」

「はい」

「郵便物はなんだったの？」

「え？」

「ほら、インターホン、鳴らしたっていったわよね。書留か小包か、受け取りのいるものだったんでしょう？」

「ああ、そうです。書留です」

「でも、留守だった」

「ええ、そうですよ」

「だったら、不在票を入れたのよね。青野の保養所の郵便受けに」

国井が一瞬黙る。そのまま、視線を斜め上に当てて考える、振りをする。

「入れたと思いますよ。留守の場合は必ずそうします。体に馴染んでいる作業だから無意識でやっていたと思います」

「でも、なかったのよ。あの保養所は隅々まで調べた。でも、不在票はなかった」

「え。そうですか」あれ？　という風に首を傾げる。「郵便受けに入れてもなんかの拍子にうっかり飛んでいってしまうこともあるから。それか他のチラシに紛れているとか。色々あります」

「そうかもね。でも、どうして女の子だって知ってたの」

「は？　なんのことです」

国井の顔に本気でびっくりしたような表情と、それを慌てて誤魔化すような笑みが広がった。

「今朝、交差点で会ったとき、あなた、農家に警察が群がっていたって話したでしょ。なにがあったんですかって」

「ああ、はい」

「わたしが、農家の裏山で女性が見つかったっていったのに」

国井がじっと貴衣子を見る。貴衣子は無理に唾を飲み込む。

「あなたは、その女の子が亡くなったらまた殺人事件ですね、といった。どうして若い女性だと思ったの。あの時点では、あなたは騒ぎがなんだか知らなかった。そういう前提で話をしていたのに、なぜかはっきりと女の子といった」

「………」

「そのバイク、郵便屋さんのカブって特別仕様なのよね。市販されていないタイプ。赤くてどこからでも誰が見ても郵便屋さんだとわかる。農道を走っていても、郵便屋さんの姿は当たり前だから誰も不審に思わない。むしろ見かけたという意識さえない」

なにも深夜まで待つことはない。むしろ雫を側に長く置けば置くほど危険性は増す。午後に拉致し、すぐに運んだのだ。

「その荷台」

貴衣子はバイクの後ろにある赤い集配ボックスを指した。

「郵便物を入れるものでしょうけど、結構大きい。でも大人一人入るには窮屈よね。宮前雫みたいに細く小柄な女性なら別でしょうけど」

「誰、ですか、それ」

「助けを求めてきた彼女に応じて青野の保養所に向かったのはあなたよね、国井葉介。そして見つけたのがファム・バー・ナムの死体だった。雫さんの代わりに警察に通報するよう頼まれても、あなたはできなかった。なぜなら、あなたとファムは偽変造カードの共犯だったから。うっかり怪しまれでもしたなら大変なことになる。そして警察に通報しようとしないあなたを不審に思った宮前雫をそのままにしておけないと考えた。もしかしたら、隠蔽《いんぺい》に協力させようと説得したのに、いうことを聞かないからと殴りつけたのじゃない？　その場で昏倒《こんとう》させたのか、騙《だま》して荷台に隠したのかはわからないけど、ともかく、あなたは雫をその後ろの赤い箱に入れて、現場から離れた山の小屋へ向かった」

いいえ、と貴衣子はいい直す。もしかしたら、初めはどこか別の、もっと遠い所へ運ぶつもりだったかもしれない。けれど、そんな余裕がなくなった。それは、途中の交差点の角に貴衣子が立っていたからだ。警察官の姿を見て、国井はうっかり動揺を見せてしまった。

国井は初めて顔の筋肉を動かし、舌打ちした。貴衣子はその顔を見て言葉を続ける。

「あなたは、荷台に雫を隠していることの緊張もあったせいで、警察官の姿を見てつい反応してしまった。赤信号で雑なブレーキを掛け、そのせいでバランスを崩した。普段より重い荷物が入っていたから仕方がなかったことよね。それを見たわたしが、集配ボックスに注意を向けたと勘違いしたあなたは、気を逸らそうと焦る余り、青野の保養所がおかしいといってしまった」

そうなると、悠長に雫を隠している暇はない。なぜなら、ファムの遺体が発見される前に早くアパートに行って、パソコンやラミネーターを回収しなくてはならないからだ。ファムがカードの偽変造をしていたことが知れたら、その共犯者に疑いが向く。自分に繋がるものを始末しに行かなくてはならない。

「だから、咄嗟にあの小屋に雫を隠そうと決めた。何度も農家に配達に行っていたあなたは、あの辺りのことは詳しい」

配達する振りをして農道を走った。目に留めた人はいただろうが、怪しい人間として記憶に残すことはなかっただろう。同じ理由で、アパートの前にバイクを停め、ファムの部屋からパソコン類を運び出すのも誰にも見咎められることはなかった。ファムの部屋は道路から一番遠く、あの古いアパートには防犯カメラもない。

国井がゆっくりとバイクから降りる。

貴衣子は少し身を屈め、右手をそっと腰の辺りへ滑らせた。動くのに合わせて、相対する貴衣子も身をずらせた。それが国井の策略で、うっかり引っかかってしまったとすぐにわかった。だが、もう遅い。

国井はいきなり目の前の赤いバイクを貴衣子の方へと蹴倒した。ハンドルが足に当たって、思わず唸る。走り出した国井を見て、ヘルメットを脱ぎ捨て、地面を蹴った。懸命に追いかける。逃がす訳にはいかない。なにせ、勝手に国井を捜して回り、挙句、遭遇したことで気づかれ、それで逃げられたとなればもう、捜査本部にどやされるだけでは済まない。十七歳の女子高生を平気で半殺しの目に遭わせる、凶悪な被疑者を野放しにすることになる。

両手を強く振って足を上げる。腰には重いものを下げているが、それには慣れている。運が良かったのは、国井も腰に重さのあるものをぶら下げていたことだ。拳銃ほど重くはないだろうが、それでも充分、走るのに邪魔になる。書留や端末プリンターなど、肌身離さず持っていなければならない貴重なものを入れる縦長の鞄。それを付けたままで、全力疾走することなど今までになかっただろう。足を大きく蹴り上げれば、それだけ不安定に揺れる。重さが片寄って、曲がるときに負担がかかる。

国井は小学校のフェンス沿いの道を走る。角を曲がろうとして、スピードを落とせず、片手で電柱に摑まり、遠心力で曲がろうとしたが、それで余計に足がもたついて大きく体を傾かせた。転びそうになるのを必死で堪える。けれど、そのロスのせいで貴衣子はすぐ後ろまで迫ることができた。

「国井っ」

怒鳴りつけると、ヘタに逃げるよりはと反転し、歯向かうような体勢を取った。貴衣子はすぐに腰から警棒を取り出し、大きく振って引き伸ばす。前に構えて、警棒越しに国井を睨みつける。

「もう諦めなさい。刑事らがこちらに向かっている。小屋の側にあったバイクの轍から、とっくにあなただと特定しているのよ」

国井は息を荒らげながらも、不敵に口の端を歪めた。

「くそっ」と勢いをつけて、躍りかかってきた。だが普段、バイクばかりに乗っているせいで、全力疾走が予想以上に体力を消耗させたらしい。殴りかかろうとしたが、さしたるスピードも出せない上に伸ばした腕が空を切る。貴衣子は素早く避《よ》けると、警棒を振り上げ、背中に向けて叩きつけようとした。

ところが、察したのか国井はアスファルトを転がって逃れた。息がまだ治まらないらしく、肩を上下させながら、睨みつけてくる。民家の塀を支えに立ち上がると、ふらつきながらも悪態を吐いた。そして窮余の策なのか、腰のベルトを外して縦長の鞄を大きく振り回し始めた。たかが鞄だが、当たればそれだけ隙が生まれる。貴衣子は慎重に距離を取りながら、国井と揺れる鞄から目を離さない。

突然、国井が大声を発した。はっと思った瞬間、その鞄が投げつけられ、真っすぐ貴衣子の正面に飛んできた。反射的に警棒と左腕で払いのける。その隙を狙って、また国井は走り出した。よくそんな余力があったなと思うが、命懸けならそれなりの馬力も出るだろう。

すぐに貴衣子も追いかけ始めたが、国井の走る先にあるものを見て悲鳴を上げた。

今日は土曜日だからとどこかで安心していた。隔週で授業のある日だったのだ。下校時刻はとっくに過ぎていたが、学校に居残って遊んでいたのか、小学生数人のグループが正門から出てきてこちらに向かっていた。国井はそれを目がけて真っすぐ駆け出す。

貴衣子の口から悲鳴なのか警戒の叫びなのかわからないような声が出た。

止《や》めて止めて止めて止めて止めて止めてっ。

背中のランドセルが笑っているように揺れ、じゃれ合うように歩いてくる。

逃げてっ、逃げなさいっ、と怒鳴る。聞こえている筈なのに、意味がわからないらしく歩みを止める気配がない。

息が止まるまで駆ける。間に合ってくれたなら、このあとすぐに命が消えてもいい。そう願いながら走る。走る。

国井の背がどんどん子どもらに近づく。

貴衣子は警棒を左に持ち替え、右手を腰に伸ばす。速度を徐々に落とし、落としながらも走るのを止めず、指先を腰のホルスターへと回した。

ああ。どうしよう。考えていては間に合わない。

「国井っ、止まりなさい。止まらないと」その次の言葉が出ない。口を大きく開けたまま、喘《あえ》ぐ。子どもらが異変に気づいてようやく足を止めた。じっとこちらを見つめる。ホルスターの留め具を外し、拳銃に視線を落とす。溢れ出る汗が顔面をぐっしょりと濡らす。銃把に伸ばしかけるが、それ以上、手が動かない。

もう一度、「国井っ」と叫んだ。

そのとき、子ども達の後方から一台の車がスピードを上げて迫り、横をすり抜けるとけたたましいブレーキ音を鳴らし、国井の面前で車体を真横にして停まった。四つのドアが一斉に開き、捜査員らが飛び出す。国井はたたらを踏むように止まると、身を翻し、今度は貴衣子に向かって駆け出してきた。

拳銃のホルスターから手を離し、留め具を留め、再び警棒を握る。顔を上げると国井はすぐ側まで迫っていた。両手を伸ばして貴衣子に襲いかかってくる。

「どけっ、このクソババァっ」

誰かが、「浦主任」と叫ぶのが聞こえた。

それを合図のようにして、貴衣子は後ろに仰け反りかけた体を踏ん張って戻し、そのまま身を屈めた。ほとんど地面に尻もちをつくような形となったが、右手だけに集中し、大きく反動をつけて目の前にある二本の足を警棒でなぎ払うように打ちつけた。

ぎゃっという声が聞こえ、大きな物が落ちる音が聞こえた。すぐ先で、国井が両足を抱え込むようにして転げ回っていた。

捜査員らが襲いかかり、国井の姿はたちまち見えなくなった。

貴衣子は地面に座り込み、両腕が細かに震えているのを見つめた。流れ落ちる汗がアスファルトを黒くする。

視野に綺麗な革靴が見えたと思ったら、頭上に怒声が落ちてきた。

「一体、なにをやっているんだっ」

加納の声に打たれながら貴衣子はきつく目を閉じた。

指示されてもいないのに、捜査本部が追っていると知っていて重要参考人に接触し、挙句に小学生らを危険に晒《さら》したのだから、叱られるのは仕方がない。ただ、良かった。被害が出なくて、良かった。

この安堵の気持ちがあれば、どれほど悪態や罵声をかけられても少しも気にならないと思った。

18

捜査本部に引きずられるようにして連れて行かれた貴衣子が、よってたかって怒鳴りつけられようかという寸前、意外にも宇口係長が飛び込んで助け出してくれた。

「あれ、係長、いたんですか」

今日は、当務明けの日だったからてっきり帰宅したかと思っていた。この最悪の状況下で暢気な言葉を吐いたことに、宇口はさすがに渋面《じゅうめん》を作る。

「部下が仕事しているのに帰れるか」という。スミマセン、と頭を下げる。

宇口はすぐにいつもの笑顔を作ると、加納に対し、貴衣子の失態を論《あげつら》ってはのらりくらりと、謝っているのか責任転嫁しているのかわからない言葉を撒き散らす。相手が根負けするまで粘る。そしてようやく、事情聴取を終えたら、穏便に速やかに解放してもらえるよう段取りをつけてくれた。

貴衣子の聴取には村松が志願してくれた。それも加納ら捜一のメンバーにしてみれば面白くないことのようだが、あえて口は挟まなかった。

「まあ、それもこれも、国井が無事確保されたこと、うちの澤田に疑いをかけたことが影響しているんだろうけどな」

貴衣子の事情聴取を始めてすぐに村松がいう。場所は同じ、捜査本部の隣の柔道場だが、もう一人捜査員がつく。

二人を相手に、これまでの顚末を詳細に話した。

「いやあ、浦主任から連絡をもらったとき、もしかしたら捜しに行くんじゃないかなーとは思ったんだがな。まさか本当に見つけるとは思わなかった。大した立ち回りだったなぁ」と冗談なのか本気なのかわからないようないい方をする。口元に妙な笑みがあるのを見て、もしかしたら貴衣子がそうするよう仕向けたのではと邪推した。隣で捜一の若手が渋い顔をしているのも、一向に気にしていない様子だ。

だいたいの聴き取りが終わって、サインがいるからプリントアウトするまで待てといわれる。一人でぼうっと待っていると、少しして村松だけが戻ってきた。手ぶらなのを怪訝に思っていると、「取り調べがうまくいってない」と呟く。

「どういうことですか」

「国井の野郎、宮前雫に呼ばれて青野の保養所に出向き、そこでファムの遺体を見つけたことは白状した。通報もせず、宮前にもこのまま黙っていろといったが、嫌がったからいい聞かせるつもりで殴った。気を失った宮前を小屋に運んだあと、目を覚まして騒いだから更に殴る蹴るをしたが、殺害する意図はなかったといいやがる。そんな訳はない。恐らく、急いでいたから死んだと思ったか、そのうち死ぬだろうと考えただけだ。しかも、ファム殺しには全く関与していないと頑強に否認している」

「……………」

「なんだ」と村松が椅子に斜めに座って、顔だけを向ける。「浦主任、なんか腑《ふ》に落ちているような顔つきだな」

「いえ」

「わかってるよ。捜査本部も、ファム殺害には疑義ありという意見が多数だ。だっておかしいよな、と頭を抱えるようにして肘をつく。

「ファムを殺したんなら、どっからあの青野の保養所に運んだんだ？　なんでそんな面倒なことしたんだ？　おまけに、お宅にわざわざ教えるような真似までした」

「国井とファムの関係については？」

「まだ喋ってはいないが、在留カードだろう」

貴衣子も頷く。ファムがカードの偽変造に関わっていたのなら、国井もその一味である可能性が高い。郵便配達員なら怪しまれずファムのアパートに近づけて、更には色々なものを受け渡しできる。また、ファムの部屋の前にあった妙に頑丈な作りの郵便受け。ちゃんとフックも付いていて勝手に開けられないようになっていた。あれに、報酬や出来上がったカードや顧客の情報などを入れてやり取りしていたのではないだろうか。互いに顔を合わせることなく、それでいていつでも確実にアパートに届けられる。

「ま、捜一の精鋭が当たっているんだ。本部の意地にかけても吐かせるよ。なにせ所轄の交番に先に被疑者を挙げられたようなもんだからさ、ここで名誉挽回しないと」

またそんなことを、と思わず貴衣子は顔をしかめる。いい返すのも面倒だから、話を変える。

「村松主任、宮前雫の意識は？」

「うむ。まだ戻らん。あの子の供述があれば、もっと国井を追いつめることもできるんだが。今、手持ちの証拠物は宮前の携帯電話の通話相手として国井が挙がっていることと、お宅に対しての公妨だけだからな。国井のバイクの集配ボックスは今、鑑識が調べている。宮前雫の血痕でも出てくりゃ更に突っ込めるだろう」

「そうですか」

戸が開き、若い捜査員が書類を持ってきた。貴衣子は内容を確認し、署名する。あとは始末書かなと思いながら席を立った。

「加納主任にご挨拶した方がいいですよね」

のそりと立ち上がった村松は首を振る。「今は、国井の聴取がうまくいってないから、事件が全面解決してからでいいだろう」

「わかりました。村松主任、ご面倒をかけました。助けていただきありがとうございました」

九十度に腰を折る。本心からの言葉だ。あのとき、捜査の車がやって来なかったら、あの小学生の子どもらは、と思うと今も体の隅々がひりつく。この先、なにかあるたび、あのときの恐怖を思い出し、体のどこかに痛みを感じながら震えることだろう。

「浦主任」

「はい」顔を上げる。

「お宅の僕ちゃんが、地域の部屋で待っているらしいから、悪かったな、といっといてくれ」

「はい」

柔道場の戸を開け、廊下に出た。そのまま、地域課の部屋へ入る。待っていた宇口に伴われて、地域課長の面前に立ち、また謝る。部屋にいる他の係の係長にも、同じく頭を下げる。そして促されて部屋の隅を見やると、応接セットにつくねんと座っている里志がいた。

里志は立ち上がって神妙に頭を下げた。言葉はなかったが、貴衣子は小さく頷く。

「お疲れ。あなたの疑いは完全に晴れたそうよ。良かったわね」

宇口は、壁にかかった鏡を覗きながら吐息を吐いている。目の充血と隈だけでは足りず、生え際まで薄くなった気がするとぼやく。貴衣子と里志は並んで腰を下ろした。

向かいに座った宇口が、これから始末書やらなにやらしてもらうことがあると淡々と告げる。それから、ひったくり案件も片づいたので通常の勤務に戻す、休みを取りたいのなら申し出るよう付け足した。

「悪いが、俺、明日、休むから」と当の宇口が先んじていう。そして、「浦主任はどうする。今日、明けで一日働いたから、明日と明後日、連休にしても構わんが」といってくれた。

貴衣子は首を振り、「また捜査本部からなにかいわれるかもしれませんから、明日も日勤でお願いします」といって、ちらりと里志を見やる。宇口も気づいて、お前はどうすると訊いた。

「僕も日勤で構いません」と答える。

「そうか？　公休でいいんだぞ」そして身を乗り出し、声を潜める。「彼女の顔だけでも見に行ったらどうだ。面会謝絶にはなってないそうだし」

里志はすぐに首を振り、「浦主任と同じでお願いします」と強い口調でいった。

宇口は、「やれやれ」といって両肩を揺する。「なら、もう、帰れ」

「係長、始末書は？」と貴衣子が問う。

「ああ？　もう明日でいいよ。どうせ明日くんだろ？」

そのとき、地域課総務の方から声がかかった。

「宇口係長、これだけお願いできますか」

差し出された書類を見て頷くと、里志の前に置いた。

「途中で勤務を離れ、自身の手で拳銃を保管庫に返納しなかったことの報告書だ。これだけサインしといてくれ」

「はい」

里志が上着の胸ポケットを探ろうとしたのを見て、貴衣子は、はい、とボールペンを差し出した。貴衣子の手にあるボールペンを見て、里志はちょっと目を開く。そして、小さく礼をいって、ペンを手に取った。

「あ、俺、それ知ってる。探偵が活躍するアニメだろ。名前なんてったっけかな」

宇口の言葉をスルーし、貴衣子が立ち上がると里志も続いた。

戸口で上半身を曲げて、挨拶する。

「それでは失礼します。ご面倒をおかけし、すみませんでした」

里志も貴衣子の後ろに立ったまま、頭を下げた。

「ご迷惑をおかけしました。すみませんでした」

天井灯の落とされた廊下を歩く。当直の時間帯だから、署内の灯りは必要な場所以外は消されている。窓の外はすっかり暗くなり、時計を見る気にもなれない。

階段から三階を窺う。捜査本部はまだまだこれからなのだと思い、胸のなかで、お先ですと呟いた。

「主任」

後ろから里志が呼ぶ。振り返ると、はにかんだような顔があった。

「お腹すかないですか。あの駅前のお蕎麦屋さん、開いてないでしょうか」

うん、と貴衣子は頷いた。

「行ってみよう。表で待ってて、着替えてくるから」

「はい」

階段を下りてゆく後ろ姿を見て、自分の取った軽率な行動は一生消せない失態だが、そのお蔭で得たものもあったのかもしれないと、密かに自分を慰めた。

19

十月二十九日、日曜日。日勤勤務日。

「お早う」

更衣室のドアを開けるなり、思いがけない声を耳にし、挨拶を返すのが一拍遅れた。どうしてと考える間もなく、安西芙美教養係長は、当直なのよ、といった。

貴衣子は、戸惑う態度は微塵も見せず、お疲れさまです、といって自分のロッカーを開ける。

「浦主任、聞いたわよ」安西が口元を弛めながら近づいてきた。「大した活躍だったそうじゃない」

「係長、勘弁してください。充分、反省していますから」

忙しなくシャツを羽織り、ズボンを穿く。ボタンを留めて、襟《えり》を直した。

「あら、どうして。ま、当分、あなたに刑事課への異動の話はこないかもしれないけど、別に刑事課だけが仕事じゃないんだから」

「係長、わたし、別に刑事課は希望していません。他のどの課もです」

「え。ずっと地域にいるつもり？　そうなの？　ま、それはそれでいいか。係長としてなら地域も悪くないわよ」

「こんな大失態を犯して、昇任試験がうまくゆくとは思えませんけど」

手櫛《てぐし》で髪を整える。ロッカーの内側についている鏡に、安西が腕を組む姿が映った。低い声がした。

「失態？　あなたは間違ったことをした訳じゃないでしょ。疑わしいと思っていた相手をたまたま見つけて職質した、逃走したから追いかけた、抵抗したから制圧した。警察官として当然のことをしたまでよ。本部の意地や捜一の面子なんかどうでもいい。あなたは歴《れっき》とした日勤勤務員だった。多少、強引に就いた日勤の任務だったとしても、ちゃんと係長を通して地域課長の承認も得ていた」

むう、と口を引き結び、安西から目を逸らす。それは建前だ。

「建前だと思ってんでしょ」

貴衣子は目を瞑って押し黙る。これだから、この人は苦手だ。

「組織は建前で動いているのよ。建前があるから、大した仕事もできないのに高い役職に就いているのもいる。だったら、その同じ建前で、能力のある人間が、その能力を発揮できる立場に就けばいい。それだけのことよ」

安西は片手を腰に当て、もう一方の腕を上げ、まるで少年のように人差し指を貴衣子に突きつける。

「次の昇任試験には必ず通りなさい。いいわね？」

大丈夫、勤務評定に妙なことが書かれていたら、わたしが握り潰す、と怖いことをいって更衣室を出て行った。

ロッカーの扉を閉じ、貴衣子は小さく深呼吸をする。

事件はまだ終わっていない。そして、わたしはまだ、しなくてはならないことがある。栗谷交番の勤務員として。

署の駐車場に行く途中、食堂の自販機で買ったコーヒーを立ったまま飲んでいる村松と会った。貴衣子を待っていてくれたようだと気づき、里志に先にバイクを出しておくよう告げる。

村松が廊下をそっと見渡し、暗い目をして告げたことは、予想していたことと違っていた。

「偽変造カードの顧客？」

思わず呟くと、しっと村松が指を口に当てる仕草をした。それを見て、貴衣子もすぐに身を屈め、主任へと寄る。

「どういうことです？　外国人労働者の失踪に手を貸していたということではないんですか」

「逆だ。国井とファムは、実習生を雇う企業を顧客にして、カードを偽変造していた」

「どういうことですか？」

「企業は、自分のところの実習生や滞在期限の切れた外国人を集めて、それらのカードを偽変造させていた。在留期間を延ばしたり、就労可能にしたりして、要は自分らの使い勝手のいいように、つまり安い賃金など劣悪な環境で長期にわたって働かせられるよう、都合よく仕組んだって訳だ。国井はネットでそういう企業を募り、大量の偽変造を行った。それなりの収入があったようだ」

「な」

「国井はともかく、ファムは自分と同じ国の人間や同じ立場の外国人らが、悲惨な生活を強いられるとわかっていて、それに加担し、商売にしていた。売りものにしていたんだ、同じ外国人労働者を」

そうとわかって、今上層部はひっくり返っていると、村松は上目遣いで天井を見上げ、おかしそうに笑う。

「顧客名簿を洗って、監理団体はもちろん、法務省、厚生労働省、出入国在留管理庁が総出で実態把握に乗り出すことになるだろう」

「そのことをあのアパートの他の住人は知っていたんでしょうか」

「どうだろうな」

「アジアンアパートの住人にファムを殺害する動機があると見ているんですか」

「うーん」と村松は頭の上に片手を乗せ、首を傾げる。「どうだろうな。確かに、卑劣な真似だが、だからって義侠《ぎきょう》心にかられ、殺しまでするかな。だいたいあの連中のどの部屋からも殺害の痕跡は見られなかった。ルミノール試薬までやったんだ」

今度は貴衣子が口を閉じて、うーん、と唸る。

「ファムの後頭部は激しく損傷していた。かなり出血した筈なんだ」

村松は改めて、活動服姿の貴衣子を見、「今日も仕事か」と訊いた。通常の日勤です、と答えると、「日曜日にご苦労だね。ひったくり犯も捕まったんだから休めばいいものを」と笑って労ってくれた。

「村松主任、そのひったくり犯のことはなにか聞いておられますか」

「うん？　ああ、結局、実行したのはあの三件だけみたいだ。奥さん、あの外国人の女性は、自宅に見慣れないバッグを見つけて、おかしいと思っていたらしい。一昨日の案件だが、それまで夫婦は大概、一日中一緒に行動していたのに、あの日に限って奥さんは面接に出かけて留守にした。心配で急いで家に戻りかけたとき、お宅が免停男を捕まえるのを見て、もしかしたらと思ってぞっとしたそうだよ」

「そうでしたか」

「担当のやつらがぼやいている」

「どうしたんですか」

「ひったくりした農家の男、ずっと泣いてやがるんだと。若い女房にこれ以上苦労させたら、逃げられるんじゃないかと心配だったんだそうだ」

逃げられるという言葉を聞いて、いつか見かけたアウラと同国人の青年らとの談笑姿を思い浮かべた。

「かみさんはどうするんだろうな。離婚して国に帰るのかね」

貴衣子は、小さく首を傾げるだけに留めた。


交番に到着する。

里志はいつものように、奥の部屋を開けようと鍵を取り出した。貴衣子はそれを止め、今から外へ行こうと告げる。里志は部屋の鍵を持ったまま、怪訝そうに振り返り、「もしかして、アジアンアパートですか」と訊いてきた。

あら、と思わず目を瞠《みは》る。「どうしてわかった?」

白い肌を微かに赤くし、「本署で村松主任と話しておられたし。それに、今日は日曜日ですから」という。

そう、日曜日なら外国人の留学生や技能実習生も、アパートにいる確率が高い。昨日の土曜日にも一度行ったが、会えたのは一人だけだった。やはり土曜日も働いている者の方が多かった。

今日が日曜日で良かったと思ったし、これはチャンスだとも思った。だから、昨日、宇口から休むよういわれても、捜査本部をダシにして断ったのだった。まさか、里志まで一緒に付き合ってくれるとは思わなかったが。

バイクを押しながら公園の前を通り、隣にあるアパートの前で停めた。

静かではあるが、器が当たる小さな音が聞こえ、室内に人の動く気配があった。貴衣子はヘルメットを脱ぎ、収納ボックスから活動帽を取り出し被る。

奥にあるファムの部屋を一瞥《いちべつ》し、手前にある留学生三人が暮らす部屋の前に立った。すぐ後ろには里志がいる。

事件発覚後、捜査員らはアパートを取り調べ、室内までも捜索した。住人に聞き込みもしたたろうが、それからもう三日は経つ。なにかしら変化が起きるなら、そろそろだろうと思った。

貴衣子は下の部屋から順次、声をかけていった。

一〇一号室には留学生が三人。土曜日会うことのできなかった、もう一人の留学生ともようやく顔を合わせることができた。そして二階の部屋にいる技能実習生の三人。ソーンは留守にしていたが、しばらく待っていたらコンビニで買ったらしいパンと牛乳を持って戻ってきた。

アジアンアパートの住人全員がいた。誰一人失踪していなかった。変化はなかった。

そういうと、里志は不思議そうな顔をして、それが変なんですかと訊く。

「どうだろう。わたしも実はよくはわからないのよ。ただ、もし、重大な犯罪を犯していたなら、ここに居残る危険性よりも失踪する方を選ぶと思ったの。逆にいえば、悪いことをしていると思っていないなら、普段通りの生活をしているかなと」

「そんなに簡単に失踪するんですか」

「日本に来た外国人労働者の失踪は珍しくないわ。国井らのように偽変造カードを請け負う連中もいるし、カードなどなくても、不法滞在と知っていても平気で雇う会社もある。その方が逆に稼げる場合もあるらしいわ。失踪することのデメリットが、今の仕事を続けていることよりも少ないとわかれば、そっちを選ぶんじゃないかな。日本は狭いけど、日本の裏社会は案外広い」

バイクに戻りかけると一〇一の部屋から、学生のナディートが出てきた。まだ、貴衣子らがいると気づいて、戸惑ったように立ち止まる。

その手に発泡スチロールのトレーがあるのを見て声をかけた。

「一体、猫は何匹いるの？」

ナディートは、くすぐったそうに笑いながら近づく。

「ワカラナイ。どんどん、増える、ミタイ」

「しようがないわね。餌もいいけど、手術で、増えないように処置をする方法も考えた方がいいと思うわ」

単語がわからなかったのか、微笑みながら首を傾げる。貴衣子は繰り返した。

「しゅ、じゅ、つ。猫の。一度、相談してみて。猫好きの日本人のお友だちならわかるわ」

ナディートの笑みが固まる。そして、小さく肩をすくめ、日本の人シラナイから、と呟き背を向けた。貴衣子は、公園へと駆けてゆくナディートを見送ると、里志を振り返った。

「交番に戻りましょう」

「了解です」

昼、交代で食事を摂るため里志がいつものように商店街に買いに出た。それを見てから、貴衣子は交番の固定電話を取った。すっかり覚えた番号を回す。

話を終え、受話器を戻してもなおしばらく、これで良かったのだろうかと考え続けた。少しでも罪を軽くするためにはこの方法が一番いいと思ったからだが、本人にすればそんなことまで気にする余裕はないだろう。

貴衣子はただ、葛藤を越えて来てくれると、そういう人だと信じるしかないのだった。

昼過ぎ、当務員がやって来た。入れ替わりに貴衣子と里志は、午後いっぱい自転車警らに回った。そうして夕方、買い物や行楽帰りの人々を見ながら、今日一日を警ら日誌にまとめる。里志が打ち込んだものを貴衣子が確認し、署名して本署へと送る。

五時近くなると陽は隠れ、薄い膜がかかったように視界が滲む。信号や看板のネオンが強く発光を始める。当務員の二人は、交代で休憩に入った。一人は頭痛がすると二階で横になっている。もう一人は奥の部屋で携帯電話をいじっていた。

日勤勤務員がいると仕事にも余裕ができる。

通常、栗谷に日勤員は就かず、当務員二人が二十四時間、交番を守る。今回は、そのルーティンが少し狂ったが、それも月曜日から元に戻るだろう。

そうであって欲しいと外へ目を向けたとき、人影が差した。

佐久間寛子が短い躊躇いのあと、そっと丸い体を交番のなかに入れてきた。

里志が立ち上がり、「どうしました」というのを貴衣子は片手を挙げて止める。そして、パイプ椅子を出すようにいい、寛子をそこに座らせた。

「お父さまは、どうされました。お家《うち》にお一人？」

貴衣子が問うと、寛子はようやく顔を上げ、目を合わせながら、大丈夫ですと答えた。

「他県にいる従姉妹《いとこ》に電話をしました。父の元に駆けつけてくれるまでのあいだ、いつもお願いするヘルパーの方に急遽連絡を取って、来てくれるよう頼んできました。その方が来るのを待っていたので、こんな時間になってしまい、すみませんでした」

いいえ、と短く貴衣子は返す。

寛子はほつれた髪を指ですくい上げ、深々と頭を下げた。

「お騒がせしました。わたしが、あの外国人の方を殺しました」

いきなり里志が椅子から飛び上がるから、寛子も貴衣子もぎょっと振り返った。頬を紅潮させた里志が、狼狽えた表情で壁に背を押しつけている。放っておくことにして、貴衣子はすぐに寛子へと目を向けた。

「そのときのことを聞かせてもらえますか」

「はい」

貴衣子は、お茶お願い、と里志にいう。慌てて奥の部屋に飛び込み、両手に湯飲みを二つ持ちながら戻ってきた。開いた扉の陰から、休憩していた当務員が目を見開いて覗いている。

20

「あの晩、月曜日の深夜です。父がまた徘徊に出てしまい、わたしは一人で捜し回っていました。あの日はパートでちょっとしたしくじりをして、キツイことをいわれたせいもあって、不貞腐《ふてくさ》れて自分の部屋で横になっていたんです。父がわたしを呼んでいるのが聞こえていましたが、無視しました。そのため、わたしがいない、仕事に行ったんだと思い込んだのでしょう。玄関戸や窓の鍵はちゃんと締めたつもりでしたが、思いもしなかったトイレの窓から抜け出てしまったのです」

「トイレの窓から」と呟くことで思い出した。火曜日の朝、佐久間喜一が徘徊しているのを保護したときだ。あのときも、寛子はトイレの窓から脱出されたといっていた。異常な夜だったから、そのまま鍵を掛け忘れてしまったのだ。

しまったと思いました、と寛子が言葉を続ける。「父を捜しにすぐに家を出ました。真夜中でしたが、父の徘徊するコースはだいたい決まっています。わたしを捜しに行くのですから、自宅からスーパーへ行くまでの道のどこか。案の定、アパートの隣の公園で見つけました。そうしたら」

「そこにファムがいたんですね」

強張った表情で頷きながら、目を瞬かせた。「あの人、そういう名前でしたの。他の子らが何度も呼んでいたようですけど、わたし、茫然としてしまっていて聞いているようで聞いていなかったんですね」

「他の子?」と里志がいうのを睨んで黙らせる。

「公園で――」寛子は目を細めた。「あの色の黒い、髭を生やした背の高い外国人が、父をいたぶっていたんです」

ファムは恐らく、これまでにも喜一をアパートの近くで見かけていたのだ。そしてもしかしたら、郵便受けを触っているのを見つけ、暴力を振るったこともあったのではないか。誰かが、猫や老人に酷いことをしている、といっていたことを思い出す。ナディートだったか、ソーンだったか。

徘徊する老人は、なぜかついでのように他人の家に立ち寄っては郵便受けをいじる癖があった。

ファムは、常から気に入らないと思っていた老人と深夜の公園で出くわした。懲《こ》らしめてやろうという程度だったかもしれないが、普通でない状態の喜一になにをどうしたところでちゃんと聞き分けるとは思えない。そんな態度が余計にファムを激高させたとしても不思議ではない。

「わたし、慌てて止めに入って抗議しました。でも相手は外国の人で、言葉もまともに通じなくて、興奮したように喚き続けるものだから、なんだかもう怖くて。それなのに、父が歩き出すとまた後ろから蹴って倒して。わたしもかっとなって体当たりしたんです。そうしたら、今度はわたしに殴りかかってきて、必死で逃げました」

寛子はそのときのことを思い出したのか、右手で左の腕をさする。ひょっとしてと思い、「怪我をされました?」と訊く。商店街でパート帰りの寛子と顔を合わせたとき、通勤のバッグ以外に買い物の袋を二つも抱えていた。缶ビールなどの重さのある袋に見えたが、寛子は右手だけでそれらをまとめて持っていた。寛子は小さく頷くと、左の長袖のシャツを捲《まく》りあげた。白い包帯が二の腕から肘の下まで巻かれている。これでは、なにを持っても辛かっただろう。

「よくお仕事に支障が出ませんでしたね」

「骨は折れていませんし、痛みはありますけど、それで仕事を休む訳にもいかないですから。わたしの勤めているスーパーも、徐々に人員整理を始めていて、勤務態度なんかが関係してくるんです」

「そうですか」貴衣子は話を戻す。「ファムはあなたにも乱暴してきて、それで?」

寛子は頷き、わたしだけなら走って逃げることもできたんですが、と目を伏せた。足元のおぼつかない高齢者がいてはどうしようもない。誰かを呼びに行きたかったが、すぐ隣のアパートの住人は帰宅が遅いのは知っていたから無駄だとわかっていたという。

「お巡りさんを呼びに行けば良かったんですけど、そのあいだに父がどんな目に遭うか知れませんでしたから」

持っていた携帯電話で一一〇番しようとしたら、飛びかかってくるように叩き落とされたといった。そのせいで携帯電話が壊れて、翌日、修理に出したと付け足す。だから翌朝の徘徊の折に、携帯電話が繋がらなかったのかと合点した。

ファムは公園にいる猫に乱暴するような、弱いもの苛めを平気でするような人間だった。老人や年配の女性など、なにほどのものでもなかっただろう。

「あの男が、起き上がった父にまた近づいて、今度は首を絞めようとしたんです。父の顔色が変わってゆくのを見て、わたし動顛して、なんとかしなくちゃ、なんとかってそればかり」

貴衣子は、寛子を凝視した。顔が真っ白になっている。目尻が痙攣《けいれん》しているだけでなく、全身が細かに震えているようだった。

「寛子さん、大丈夫ですか？」

呼びかけると、まるで夢から覚めたような表情をした。

「このまま話を続けない方がいいですか。また、あとで同じことを繰り返すことになりますし」

貴衣子が静かに声をかけると、寛子は目を微かに細めて、見つめ返してきた。

「いいえ、あなたに全てお話しします。そうすることで、わたしも落ち着いて、次にはもっとちゃんと告白できる気がします」

「わかりました」貴衣子は、寛子が湯飲みのお茶をひと口飲むのを待って、「動顛して、どうしました？」と尋ねた。

寛子は、徐々に大きく目を開いていく。里志のとはまた違った意味で、目の色が薄く透けてゆくようだった。

ああ、と呻きながら、両手を頭に当てて上半身を膝につくほどに曲げた。

「わたし、無我夢中で」

「無我夢中で」

「なんとしても、父の首に巻きついた手を外させなければと思ったんです。あの外国人は訳のわからない言葉を、父の顔に向かって吐いて、喚きながらどんどん力を入れてゆくようでした。顔がまるで化け物じみて見え、そんな人を相手に、女のわたしではどうしようもないと頭のなかではわかっていたんです、それでも気がついたら、男の背中におぶさるように、しがみついていました」

「それで」

「それで」と、寛子は言葉を切って、頬に片手を当てる。そのときの記憶をゆっくり辿っているらしく、目が震えるように泳ぐ。

「そう、です。確か、わたし、あの男に振り払われたんです。わたし、心臓がそんなに丈夫じゃないものですから、だんだん苦しくなって、力が抜けそうになって、そして」

貴衣子の後ろでは、里志も息を呑み込み、佇立《ちょりつ》しながらじっと見つめている。寛子がゆつくり、大きく頷いた。

「そうでした、あの男がわたしを払おうと暴れかけたとき、とうとう堪え切れなくなって自分から落ちてしまったんです。そのせいで、男は急に身が軽くなったのに動きを止められなくて、上背のある体がたたらを踏んでよろめいて、仰け反るように後ろに倒れるのが見えました。わたしは、落ちたはずみで左腕を変な風に捻ってしまい、痛くて呻きながら地面に伏していたのです」

寛子が目を上げ、貴衣子を見、その後ろに立つ里志にも目を向けた。そして、一度、唇を嚙む仕草を見せ、息を吐き出すようにいった。

「父の声が聞こえ、なんとか起き上がってすぐに男の姿を捜しました。そうしたら、ベンチの側で仰向《あおむ》けに倒れているのが、見えたのです」

寛子が恐る恐る近づいてゆくと、男は目を見開いたまま、ぴくりとも動かない。声をかけ、手を伸ばしてシャツの上から揺さぶっても男は反応しなかった。地面に座り込んだまま、なにが起こったのか考えようとした。そのとき、側にあったベンチに赤い血が付いているのが目に入ったという。

「ファムは、あなたを背中から振り落とそうとしたその反動で、自ら足をもつれさせ、倒れた」

寛子は、そうだと思います、と頷く。

「倒れた場所にベンチがあって、後頭部を打ちつけ、それが原因で死亡した、ということですか」

心もとない顔つきで貴衣子を見返し、逆に、そういうことかしら、と問う。あの公園にあるベンチは石造りで、手すりも背もたれもないただの長方形だから、どこに頭をぶつけても大ごとになるだろう。

「お話を伺った限りでは、恐らくそういうことだと思います」

寛子はほっとしたように胸を小さく上下させた。貴衣子がお茶を飲むよう促すと、手に取り、口をつけるとそのまま一気に飲み干した。

そして湯飲みを机の上に置くと、目を伏せたまま、「あんなに簡単に人って死ぬんですね。驚いたというより、哀しくなりました」と呟いた。

貴衣子は空の湯飲みを後ろに立つ里志に差し出す。受け取って奥の部屋に入り、戻ってまた寛子の前に温かい湯飲みを置いた。

「ありがとうございます」

「そこにアパートの住人が来たんですね」と貴衣子は尋ねる。

「はい。あの子らとは猫のことで親しくなりました。お巡りさん」

「はい？」

「どうして、それがわかったんです？　わたしとあのアパートの人らが公園で親しくしているの、見かけたことありました？」

「いいえ。猫に餌をやるのは禁じられていますから。見かけたら注意をしていたでしょう」

「そうですよね」

「フードです」

「え」

「キャットフード。公園に置きっぱなしになっていたトレーのキャットフードと寛子さんがスーパーで買っていたキャットフードが同じものでした」

「キャットフード？」

「少し前、お仕事帰りに商店街でお会いしたとき、買い物の袋のなかに見えました」

「ああ、あのとき」

「わたしも昔は猫を飼っていたのでわかります。キャットフードは恐ろしいくらい種類があって、それぞれ形や色が違います。寛子さんの袋から透けて見えた猫の印を見て、公園のトレーに撒かれていたフードと同じものだとわかりました。あの小さな公園を通って行き交う人同士が、同じキャットフードを買う、そういう偶然、なかなかないものです」

「あれは、わたしが買って、ナディートくんらに渡していたのです」

「猫を通じて話をするようになりましたか」

「ええ。あの子らにとって、わたしは母親のような、祖母でもおかしくない年齢ですが、それが余計に親近感を呼んだようです。みんな故郷に、親や家族を残してきていますから」

「はい。家族のために、独りで遠い国に来て学び、働いている」

家族のために、と呟くなり、寛子の頬が激しく痙攣した。

「あの男の人もそうだったんですよね」

両手で顔の下半分を覆うと、うぐぐ、と声を上げた。

「そんな、そんな人を、わたしは殺してしまったんですね。わたし、とんでもないことをしてしまったんですね」

寛子の目が真っ赤になって、涙が溢れて両手を濡らしてゆく。そんな顔をじっと見つめながら、更に尋ねる。

「ナディートらが、ファムの遺体を運んだんですね」

「はい」と頷き、すぐに「それは、わたしが頼んだんです」と目を吊り上げ、激しく首を振った。

貴衣子はあえてなにもいわず、そのときの様子を話してください、と促した。

「……あの子はバイトから帰る途中でした。公園で、わたしと父は、ずっと座り込んでいました。そこにナディートくんが通りかかって、わたし達と死んでいるあの男を見つけたのです。父を抱えて茫然としているわたしを見て、なにがあったのかすぐにわかったようでした。そして声をかけてくれました。この男は悪いヤツだと、寛子さんは悪くない、といってくれました」

やはりナディートらは、ファムのしていたことを薄々でも知っていたのだ。

「ナディートくんは、すぐにアパートに戻り、みんなを呼んできました。そしてなにか異国の言葉で相談していたと思ったら、わたしに父を連れて家に帰れといいました」

寛子は自分で自分の証言を否定していることに気づかない。ファムの遺体を遺棄したのは、ナディートらがいい出したことなのだ。

「なにをする気なのか、迷惑をかけたくない、わたしは警察に行くといいました。けれど、ナディートくんらは、寛子さんが警察に行ったら、お父さん、独りになる、困る、可哀想《かわいそう》と、そういってくれました」

それから、二階に住むインドネシア人の二人が自転車でどこかへ向かったという。戻るまで結構な時間があったようだが、そのあいだ、ナディートや他の留学生らがファムの遺体をビニールシートに包むと、体をビニールシートに包むと、地面にあった血痕やベンチの血糊《ちのり》など全ての痕跡を消したのだ。やがて、インドネシア人の二人がそれぞれ片手に握りながら運んできたのは、青い色のコンテナだった。

貴衣子ははっと顔を上げる。少し遅れて里志が、ああ、と声を上げた。

毎週、火曜日の朝、農協の前で朝市が行われる。野菜や花などの直販売だ。ジャカルタから来たアウラは、欠かさずやって来て、帰りには空っぽになったコンテナを抱えて夫の運転する車へと運んでいた。

二人はアウラに、どこまで話したのだろう。いや、詳しいことをいわなくても、アウラは同じ国から来た友にコンテナを貸してやっただろう。

ナディートらは、コンテナにファムの遺体を入れ、自転車の荷台に乗せて、みなで抱えながら運んだ。押して歩く自転車なら、市道など通らず、生活道路、細い抜け道を通って行ける。この辺りでは、大きな通り以外に防犯カメラは設置されていない。

ナディートは、心配ない、といって、寛子と父親を家に無理やり帰したらしい。それからどうなったのか、それ以来、ナディートらとは会っていないといった。

当務員の若い巡査が、気を利かして新しいお茶を運んできてくれた。里志がすかさず、ありがとうございます、と頭を下げる。

ファムの遺体を入れたコンテナは重かっただろうが、ナディートら若者が数人がかりで運んだのだ。麓《ふもと》に自転車を置き、コンテナを担いで山を上るくらいはできただろう。

貴衣子は目を細めて、両手を強く握り合わせた。

ナディートらは、きっと山のなかに遺体を隠そうと思ったに違いない。それなら発見される確率は低くなるし、もしかしたら永遠に見つからないかもしれない。なのに、遺体は青野の保養所で見つかった。

あの保養所が留守がちであることを知っていたのか。たとえ知っていなくとも、建物の様子や庭の草木の荒れ方を見れば使われていないと思っただろう。偶然にも保養所は、玄関横の窓だけ開いていた。小柄な誰かがそこから侵入すれば、玄関を開けることはできる。

けれど、なぜわざわざ危険を冒してまでなかに入ったのか。入って見れば、人の使った形跡があるのに気づいただろう。リビングルームには酒の臭いが充満していた筈だ。それでも、山中に遺棄しようとはせずに、そのまま保養所に遺体を置いた。

力を抜き、両手を開いて貴衣子は宙に視線を置く。

ナディートの剽軽さを醸《かも》す口元や、猫の話をするときの穏やかな眼差《まなざ》しを思い出す。白いユニフォームを着てマスクを握る、ソーンの生真面目そうな姿が浮かぶ。アウラの身を案じるインドネシア人の二人や土曜日にもアルバイトに精出す留学生ら。

同じ外国人労働者という繋がりが、そうさせたのかもしれない。

たとえ卑劣な悪党でも、言葉もままならない国で働くため、故郷を離れてやって来た者同士。国に帰ってひとかどのことをしたい、家族を養いたい、家を建てたい、そんな夢を抱いてやって来たのだ。

そんな彼らの前に、青野企画の保養所が現れた。元は別荘として建てられたものだから、古びてはいても立派な佇《たたず》まいをしている。遠い異国の地で見続けていた憧れがそこにあった。

彼らが運ぶコンテナのなかにはもう二度と目を覚まさない外国人労働者がいた。ファムも同じ夢を持ってやって来た筈だ。そんな男を狸や鼬のいる山中に置き去りにし、朽ち果てさせるには忍びないと思った。せめてこの大きな屋敷のなかに置いておこう、そしていつか発見されて家族の元に戻れるようにと願ったのではないか。

寛子は落ち着いてきたのか、泣き腫《は》らした赤い目のまま、凪《な》いだ水面《みなも》のような声を出した。

「わたしがここに来ると、信じて待っていてくださったんですね」

貴衣子は頷くことなく、黙って見返す。

今日、アジアンアパートを訪ねたことで、事件後、貴衣子は全ての住人と顔を合わせたことになった。

彼らは一人も失踪することなく、たまの休日を楽しんでいた。彼らがファムを殺害したとは思えなかった。住人の誰かの犯行だとしても、それらを知っていて隠蔽しているような素振りも見えなかった。アパートが殺害現場ではないことは捜査本部が証明している。

だけど、なにかを隠している感じはあった。

だから鎌をかけて、猫好きの日本人の友だちといってみた。ナディートは動揺した。佐久間寛子が、猫を飼っていないのにキャットフードを買っているのを見て気になっていたが、自然と繋がるのを感じた。そうすると、ここ数日の寛子の様子が妙であったことも腑に落ちた。

これまでになかった香り。人を殺害したときの激しい血の臭いを今も嗅いでいるのか。それを消したくて濃い匂いを纏《まと》うのはよくある心理だ。そして、今までになかった飲酒の気配と、徘徊する老父を抱えているのに、なかなか連絡がつかなかったこと。なにより、喜一が怪我をしていたことと、事件発覚の日の夜の異常な行動。真夜中、交番に迷い込んで、なにを訴えようとしていたのか。正常な認識力は欠如していたとしても、自分の娘が尋常でない様子であることは、ちゃんと感じ取れていたのではないか。娘には助けが必要だと思ったのではないか。

そこまで考えて、今日、アジアンアパートから戻るなり、交番から寛子に電話をした。

『こんにちは、栗谷交番の浦です。お父さまの具合はいかがですか』

寛子は父親が保護されたとき以外に、貴衣子から連絡を受けるのは初めてで、少し訝しんだ。父親の様子伺いをしたあと、貴衣子は短く伝えた。

『例の殺人事件も、そろそろ解決しそうです。ご心配をおかけしました。捜査本部が、本格的にあのアパートの住人を取り調べるようです。いえ、すみません、余計なことまでいってしまいました。ここだけの話にしてくださいね。それじゃ』

寛子は思わず問い返していた。『あの、アパートの人らが疑われているんですか』

犯人なのか、でなく単に、疑われているのかと訊いてきた。貴衣子は、なにもいわずただ、『刑事らは、必ず犯人を捕まえます』とだけ答えた。

貴衣子からの電話に違和感を抱いただろうが、その違和感を押しのけるほどの不安が寛子の胸を塞いだ。自分のせいで、あの子らが捕まるかもしれない。犯人でないとわかっても警察に調べられ、勾留でもされたならもう日本で勉強できなくなる、働けなくなるかもしれない。自分のせいで。

電話を置いた寛子が振り返る。ベッドの上では、独りで生きられない父親が眠りについている。躊躇いが生じなかった筈はない。それでも寛子の決心は揺るがなかったのだ。そして貴衣子は、そんな寛子が出頭することを栗谷交番で待ってみようと思った。

「寛子さんは、自ら出頭したのです」

そういい切る貴衣子の顔を見て、寛子は深く頭を下げた。

そのとき、交番の前でブレーキ音がした。

捜査の車が二台連なって現れ、合わせたように停まった。ドアが開き、村松を先頭に加納らがなだれ込むように入って来た。ただでさえ狭い交番がいきなり満杯になる。

加納が、交番員は奥へ行ってくれと叫ぶ。里志を始め、当務員らはすごすごと引き下がり、貴衣子も立ち上がったが、「浦主任はいてくれ」といわれる。

貴衣子は頷くと、里志にも手を振って残るよう指示した。加納は眉を上げたが、なにもいわなかった。

加納は、椅子に座る佐久間寛子に向かって、「ファム・バー・ナムを殺害したと自供したのはあなたか」と問うた。寛子はしっかりした表情で、まるで笑みさえのせているかのように柔らかに口を開き、答える。

「はい。佐久間寛子と申します。申し訳ありませんでした」

「あなたはこの交番に自ら出頭したのか」

寛子がちらりと貴衣子を見る気配がしたが、貴衣子は目を合わさずじっと壁際に立っていた。

「はい」

「わかった。詳しい話は本署で伺う」

促されて立ち上がろうとしたが、寛子はすぐには動けなかった。激しい疲労と緊張のせいだということは容易にわかる。女性捜査員に腕を取ってもらい、なんとか椅子を離れると、深々と貴衣子と里志に頭を下げた。少し猫背になったまま体を返して、ゆっくりと出入り口へ向かう。

「あの」

一瞬、誰が発した声かわからず、みな目だけで小さな交番内を探った。捜査員が貴衣子に目を向けたとき、貴衣子は目を見開いて隣に立つ里志を見ていた。

里志が半歩だけ前へ踏み出す。そして、捜査員に両側を挟まれ、顔だけ振り向けている寛子へ声をかけた。

「佐久間さんは、どうして出頭しようと思ったんですか。あなたのことは、捜査本部だってきっと知らなかった筈です。浦主任だけは、なにか感じておられたようだったけど。それでも、自首しなければ、このままわからないで済んだかもしれなかったのに、なぜ」

加納以外はみな里志を睨みつけている。なかには、「お前っ」と怒気を露《あら》わに里志の肩口へと手を伸ばす捜査員もいた。摑みかかる前に、その腕を貴衣子が弾《はじ》き返した。

「尋ねるくらい許してもらえませんか」

はっとしたように里志が見返り、貴衣子は真っすぐ加納へと視線を当てた。腕をはたかれた捜査員が窺うように加納を見る。捜査員と里志のあいだに立つ形で更に、「佐久間さんは、包み隠さずわたしに供述してくれました。多少、本署へ行くのが遅れても大きな問題はないかと考えます。お願いします」といって、貴衣子は腰から体を折った。

加納は振り返って貴衣子を少しの間見つめると、軽く右手を挙げた。寛子の腕を取っていた女性捜査員が小さく頷き返し、手を離すと半歩だけ距離を取った。

21

「わたしはこれまで、自分でなにかをしたいと本気で思ったことがありませんでした。してもしなくてもどちらでもいい、そんな生き方をしてきたように思います」

佐久間寛子は両手を前で重ねたまま里志に向き直り、そういった。

幼いころから人見知りが激しく、しかも先天性心疾患を抱える身だった。生死に関わるというほどではないが、人より病院に通う頻度が高く、また運動や生活行動に制限を課せられる不自由はあった。子どもにとって、それは案外に大きな差異であり、寛子には親しい友人を作ることが叶わなかった。家のなかで独り過ごすことの多い青少年期を送った。成人して仕事に就いたが、元来の人見知りのせいで人間関係がうまくゆかず、体調を崩したこともあって数年で辞めてしまった。それからは派遣社員やアルバイトをしながら、両親と同居することでなんとか人並みの生活を続けてきた。勧める人があって見合もしたが、病気のせいかはわからないがうまくゆかなかった。自分からなにかを求めたり、人のためになにかしようとしたりせず、社会のルールだけを守って生きようと考えた。ただ、母親が亡くなったときは寂しさから将来の不安をひしと感じるようになり、人並みに世間と交わり、前向きに生きるべきだと決めて踏み出したことがあった。だが、そういう寛子の渇望が、悪意ある人間には付け入る大きな隙間に見えたのだ。妙な勧誘に乗せられ、大金を奪われ、怒りと共に絶望を味わった。

「それからのわたしは、自分からなにかをすることも、したいと願うことも止めました。お陰で父と共に質素ながらもなんとか平穏な暮らしを続けてこられました。もうこれで充分、あとは父をきちんと見送ることができればいいと、そう思っていたのです。それが」

パートの行き帰りに公園で野良猫を見かけ、惣菜の残りをやったのがきっかけで、時折、餌をやるようになった。あるとき、ナディートらアジアンアパートの外国人らも、同じようにこっそり猫に餌をやっているのに行き当たった。たどたどしい日本語で、餌をやっていることを内緒にして欲しいというので、寛子も同じだと教えた。それから公園で何度か顔を合わせるようになった。

「というより、わたしが、ナディートくんらの帰って来る時間を見計らって公園に行くようになったんです。見知らぬ、しかも外国の歳の離れた人らと、なぜ一緒に猫に餌を与えたいと思うようになったのか、自分でもよくわかりません。たぶん、カタコトの日本語だったことで、却って安心感があった気がします。なにをいっても、他の人に伝わることはないだろう、と。少しずつですが自分の話もするようになりました。わかっているのかいないのか、いつも黙って聞いてくれました。彼らも自分達のことを色々、たくさん話してくれました」

ナディートらが、毎日、どんな暮らしをしているのか。学校でどんなことを学び、どんなアルバイトをし、故郷ではどんな生活をしていて、どんな家族がいるのか。

あるとき、猫の餌が買えなかったからと自分の夕食を持って来たことがあった。小さなアパートの部屋を数人でシェアするのも、生活費を切り詰めるためだと聞いていた。食事も三度のところを二度にし、消費期限が迫って安くなった商品を選んで買っている。

「技能実習生の人は特にそういう生活をしているそうです。彼らは、この日本で少しでも多く稼いで、国に帰って家族の暮らしを良くしたいという望みを持っています。そのために辛い仕事も頑張り、言葉も心も通じない日本人に囲まれ、色々なことに耐えているようでした。そんな疲れた毎日を送っていても、真夜中の公園で笑いながら猫に餌をやっているんです」

そんな彼らが、寛子が犯した罪を隠蔽しようと協力して動いたのだ。この日本でそんな真似をすれば、自分達がどうなるのかわからない筈はない。

寛子は父を抱えて家に戻ったあと、一晩中、犯した罪の恐ろしさに震え、震えながらなぜ、ナディートらが寛子を庇ってくれたのかを考えたという。

「考えても考えてもわかりませんでした。でもそれならそれで構わない、ようは自分がどう思えばいいか、それだけのことだと気づいたんです」

寛子は目を上げて里志を見ると、微かに口元を弛めた。貴衣子は隣で、戸惑うように身じろぐ里志をじっと見つめた。

「彼らはわたしのためにしてくれた。彼らがどんな気持ちからしてくれたのかはわからなくとも、それは心からのものなのだ。人を殺したわたしを庇ったのだから、生半可な気持ちではない。猫を介しての他愛もない繋がりを彼らが大事に思ってくれていることを、素直に信じようと思いました」

寛子は今度ははっきりと頬を弛め、微笑んだ。そして里志の隣に立つ貴衣子へと視線を流す。

「こちらのお巡りさんから、ナディートくんらが疑われていると知らされました。わたしは、彼らを助けなくてはいけないと思いました。それができるのは自分だけなのだと。父のことだけが気がかりでしたが、ここへ来ることに少しの躊躇いも湧きませんでした」

加納がさっと貴衣子へ鋭い視線を飛ばしてきた。さすがにバツが悪く、そっと目を伏せる。

「もういいか」

加納がいうのに、貴衣子は目を伏せたまま頷いた。

濡れた顔を拭う寛子の手が見えた。手の甲はかさつき、指先は調理仕事のせいか十本全て、赤く爛《ただ》れている。その指のあいだから、また透明な涙が伝い流れ出てきた。

捜査車両の後部座席に入ると女性捜査員が隣に座った。ドアを閉め、貴衣子は窓越しに見つめた。

視線を感じたのか、座席の真ん中で寛子が顔を上げ、貴衣子を見た。弱々しく唇だけを動かした。ありがとう、と見えたのは気のせいだったろうか。

赤色灯だけを点け、二台の車は暗い道を駆けて行った。

22

奥の部屋から当務員の二人がそろりと顔を出した。年かさの主任が活動帽を持ち上げ、つるりと額を撫で上げると、ふうと息を吐き出す。

「大変なことになったな。今から、お宅らは捜査本部に行くんだろう」

「はい。そうなりますね」

「そうか。じゃ、ちょっとだけいいか」

「はい?」

「この騒ぎで夕飯を買いに行きそびれた。戻るまでちょっとだけ待ってくれるか」

「ええ。もちろんです、どうぞ行ってください」

当務の主任と相方の巡査は上着を脱ぎ、ジャンパーを羽織ると揃って外に出た。信号を渡って商店街の方に行く。

里志がパイプ椅子を片づけ始めた。貴衣子が湯飲みを奥へと運ぶ。表側へと戻ると、里志が机のなかにボールペンを戻しているところだった。

「それ、子どものころに好きだったのね」

「……今も好きです」

「そうなの」

貴衣子はヘルメットを傍《かたわ》らに寄せた。

澤田里志が警察官を志望したのには、様々な思いが絡み合っていた。人とは少し違う子ども時代を送った。寂しく孤独であっただろうと思う。寂しさを感じないために、独りでいるのが当たり前のことだと己にいい聞かせてきたのだ。人は人、誰とも繋がる必要などないのだという考えを強くすることで、幼いながらも耐えようとしたのではないか。

そのまま学生時代を過ごし、成人したとき、さすがに自分の性格や考え方が、人には受け入れ難いものであることに気づいただろう。それでも就職しなければならない現実があって、里志は里志なりに考えて警察官という職業を選んだ。そこには、安定した職であることや格好のいいバッジ以外にも、正義のキャラクターを愛した幼いころの思いもあったのではないか。更にいえば、人のために働かねばならない立場に無理やり立つことで、自分のなにかが変わるのではという希望を見たのではないか。変えられるのではないか、と。

佐久間寛子が殺人という罪を犯したことで、人を思う気持ちが自分にもまだあるのだと